COLLECTION FOLIO

# Noëlle Châtelet

*Pour + Marie Ève*
*cet insolite voyage*

*«*

# À contre-sens *«*

*des sens*
*et dans le sens,*
*bien sûr, de*
*l'amitié».*

Mercure de France

Noëlle Châtelet, professeur, comédienne, écrivain, prix Goncourt de la nouvelle avec *Histoires de bouches* en 1987, poursuit son œuvre littéraire en Italie où elle dirige l'Institut français de Florence.

Maître de conférences à Paris-XI, on lui doit deux textes sur Sade : *Système de l'agression* (Aubier-Montaigne, 1972) et un essai introductif à *Justine ou les malheurs de la vertu* (Collection Idées, Gallimard, 1981).

De sa thèse d'esthétique, *Le corps à corps culinaire* (Seuil, 1977), elle tirera son premier livre de fiction : *Histoires de bouches* (Mercure de France, 1986).

*À contre-sens* est son deuxième recueil de récits.

# Le Nouveau-Nez

Marcel Boudot dort d'un sommeil sans histoire, un sommeil qui lui ressemble, un sommeil minéral. Ses nuits si agitées dans l'enfance, au dire de Fernande, sa nourrice, la seule femme qui en dehors de Madame Moisnard, la logeuse, fut autorisée à passer le seuil de sa porte, ses nuits ont atteint le degré zéro de l'hébétude. Les rêves, eux-mêmes, ont fui ce cortex cérébral induré, fossilisé par l'entêtement à ne rien ressentir car Boudot a tant rogné sur les aspérités de son caractère, si bien retenu les dégoulinades de sa sensibilité qu'il est parvenu à ce point de l'insignifiance où il lui arrive de se prendre pour quelqu'un d'autre en croisant son reflet dans une vitrine sur le chemin du bureau et de se saluer lui-même comme une vague connaissance.

Marcel Boudot en est fier. Fier de ces nuits de pierre d'où il émerge, matin après matin, identique à ce qu'il était la veille, dans ses pyjamas en zénana l'hiver, en zéphyr l'été, du même ton que ses draps.

Le drap du dessus est changé chaque quinzaine,

le drap du dessous chaque semaine, la taie d'oreiller tous les deux jours. Il est six heures. Dans vingt
minutes, la pendulette de Tante Marguerite son-
nera. Jusqu'à la demie, Marcel vérifiera, de son lit,
le bon ordonnancement des lieux, inventaire superflu puisque depuis la mort de sa mère, cinq ans
auparavant, il occupe seul l'appartement.

Cher Monsieur Boudot, il dort et il ignore
encore à quelle secousse tellurique le tracé si plat
de son existence va être soumis!

Une lueur de l'aube éclaire son visage dénué
d'expression où son nez fait penser, depuis qu'il
s'est laissé pousser les moustaches, comme ses collègues, à un coquillage échoué à marée basse entre
deux rouleaux de varech, de ces coquillages que les
petites filles portent en sautoir sur du fil à broder.

Pour la deuxième fois en près d'un quart de
siècle de léthargie nocturne, une onde vient de
troubler le désert de son front. La première fois
c'était il y a quatre ans, le soir qui avait précédé le
départ à la retraite du sous-chef comptable, et il
s'était longtemps reproché ce verre des adieux avec
les canapés aux anchois qui lui avaient valu
d'achever la nuit sur le ventre – position qu'il
exécrait – à maculer l'oreiller d'une bave hépatique.

L'onde du front s'étend à la joue et se régularise
jusqu'au tic. Quelque chose ne va pas. Le corps,
aux avant-postes de la conscience, en évalue prématurément le danger. Le nez bijou, le nez coquillage frémit à son tour. Les deux rouleaux de
moustaches cherchent à se dresser en remparts.
Mais en remparts à quoi?

Soudain, les parois des paupières s'ouvrent comme d'antiques rideaux de scène. Marcel Boudot est réveillé, quinze minutes avant la sonnerie de Tante Marguerite. Quelque chose ne va pas.

Les yeux ouverts, le visage de Boudot paraît plus inexpressif encore que les yeux fermés. Il n'y a rien à y déchiffrer. Comment déchiffrer l'absence d'être? Mais ce matin n'est pas un matin comme les autres. Le regard semble vouloir sortir de son hébétement. En l'espace de quelques petites secondes, Marcel Boudot va trouver le moyen d'y fourrer, comme on bourre un sac de linge sale : la surprise, le doute, la certitude, la désapprobation et pour finir, le dégoût. « Une odeur. Une odeur est entrée dans la chambre. »

De là ce réveil avant l'heure, l'incongruité flairée par le nez si précieux, cette « chose » qui ne va pas. Marcel Boudot se glisse hors du lit. Il attrape sa robe de chambre écossaise posée sur le dossier du fauteuil, la boutonne pensivement en se trompant de boutonnière, ce qui n'arrange pas l'impression de balourdise qui se dégage de lui.

Sa personnalité? Elle est nulle, au sens mathématique du mot. Cet homme est si médiocre que les bras vous en tombent à l'idée de le décrire. Il serait certes plus enrichissant de tenter de disséquer l'odeur en question. Mais encore faudrait-il la percevoir clairement, l'identifier. Bien qu'elle ait eu la netteté suffisante pour l'arracher au sommeil, elle ne se laisse pas saisir pour autant. « Surâtre », c'est le seul adjectif qui vient à Boudot, dans l'immédiat.

« Oui, surâtre », bougonne-t-il en se dirigeant

vers la fenêtre. Ah ! il leur dirait bien leur fait à ces
éboueurs qui ramassent les poubelles n'importe
comment et les laissent béer sur le trottoir, sans
s'inquiéter de savoir si Madame Moisnard récupé-
rera les couvercles qui ont dévalé en contrebas de
la rue en pente, dans les caniveaux, semblables à
des boucliers abandonnés par une armée de loqueteux en déroute !

« On ne peut quand même pas dormir les
fenêtres fermées. » Boudot ferme la sienne et tire le
voilage en toussotant, histoire de se donner une
contenance, car rien n'est plus difficile qu'une
contenance lorsqu'on est à soi-même son seul
témoin et qu'on a oublié de mettre ses mules.

Boudot, qui a peu de familiarité avec les diverses
parties de son corps, ne consentant qu'aux rap-
ports de stricte nécessité, éprouve pour ses pieds
une aversion particulière. La forme en marteau des
orteils l'oblige à se chausser toujours trop grand et
au bureau, où les pupitres sont à claire-voie, il doit
ruser pour les garder en retrait et ne pas encourir
le ridicule de se distinguer des autres, ne serait-ce
que d'une pointure. Il range ses mules avant de se
coucher sur la partie basse de la table de chevet, de
chaque côté du vase de nuit dont il n'a jamais eu
l'usage, hormis « la nuit aux anchois ».

Boudot s'est assis sur le bord du lit pour enfiler
ses chaussons. Il y glisse ses dix orteils rétractés qui
lui font penser à des crabes et s'arrête net : l'odeur
est revenue ! Il vient de la sentir à nouveau en se
redressant. Se pourrait-il qu'elle vienne du lit ? Il se
penche pour examiner le plancher. Il n'y trouve
que quelques moutons ainsi que son marque-pages

en tissu brodé à ses initiales. Il pose le tout sur la table de nuit, satisfait pour le marque-pages, agacé pour les moutons. Non, l'odeur n'est pas plus forte sous le lit qu'ailleurs. Elle est là, présente, partout.

La persistance des odeurs, Marcel Boudot connaît. N'a-t-il pas fallu trois bonnes années pour venir à bout des effluves de verveine sur l'appui-tête en crochet du fauteuil crapaud où sa mère raccommodait des journées durant? Et récemment encore, que d'efforts pour débarrasser la cuisine des relents d'une brandade de morue, bêtement recommandée par le charcutier! L'odeur « surâtre » d'aujourd'hui, venue de la rue, s'est installée dans l'appartement entier et il faudra du temps pour la déloger, peut-être plusieurs heures, songe-t-il lugubre, en se rendant dans la salle d'eau. L'odeur s'y trouve également ainsi que dans le couloir et dans la cuisine. Les toilettes, grâce au flacon d'eau de Cologne entrouvert en permanence, paraissent avoir moins souffert, ce qui le rassure : une véritable odeur aurait-elle cédé aussi aisément? Au fond, il se peut qu'il ne s'agisse que de vagues émanations?

Le bruit de crécelle du réveil de Tante Marguerite suspend toute réponse : devant l'armoire à glace où il se reboutonne correctement, il note l'excellente tenue de ses moustaches. Elles prennent un bon pli depuis que le baromètre est passé au beau, même si elles n'égalent pas encore celles de Monsieur Lepeigneux, son chef comptable, sur lequel il se calque pour ce qui touche à l'apparence, au point de l'espionner chez son coiffeur et son chemisier.

Lorsqu'il pense à Monsieur Lepeigneux, Boudot éprouve ce sentiment d'exaltation et d'impuissance qu'on a envers un modèle trop haut placé, mais il n'a pas le choix. Il a besoin, ne croyant pas en Dieu, d'un objet de référence qui élève ses pensées, stimule son désir de spiritualité. Jamais, par exemple, il ne se résoudrait à se laver les dents ou à aller à la garde-robe si l'idée que Monsieur Lepeigneux ne doive s'y soumettre aussi ne le soutenait pas.

Ce matin, dans le désarroi causé par l'odeur inconnue qui viole ses murs, Marcel Boudot s'accroche à l'espoir que cette épreuve aussi Monsieur Lepeigneux pourrait bien l'avoir un jour ou l'autre vécue. Mais il n'est plus temps de musarder. Marcel se hâte de préparer son petit déjeuner. Le café, qu'habituellement il prend à contrecœur, préférant le thé, mais qu'il s'impose, sans lait, depuis qu'il a entendu Lepeigneux en vanter les principes virils, lui paraît bienvenu.

Une demi-heure plus tard, vêtu de sombre, la moustache lissée, le pli du pantalon d'une perfection à entamer le moral d'un colonel, la pochette égayée de son mouchoir favori assorti aux napperons de la commode, je n'irais pas jusqu'à dire que Marcel Boudot a le sourire en descendant l'escalier, mais enfin, il faut admettre qu'il y a sur sa physionomie une sorte d'impassibilité qui ressemble à de la confiance, une confiance digne de son état et de sa fonction. Madame Moisnard, sur le pas de sa porte, hoche la tête en l'apercevant : « Pour un employé, c'est un employé », pense-

t-elle, puis reconnaissant la pochette : « Et écono-
me avec ça » (elle se souvient d'avoir découpé et
piqué elle-même les mouchoirs dans le tissu restant
des napperons).

– Bonjour, Monsieur Boudot. Y a du printemps
dans l'air, pas vrai?

– Bonjour, Madame Moisnard, du printemps?
Certes, certes, susurre Boudot, les lèvres pincées de
peur de compromettre l'agencement de sa figure
fraîchement modelée. Dites voir, Madame Moisnard.

Elle approche son oreille des moustaches d'où
s'exhale la voix et y mêle les siennes qu'elle a plus
discrètes et duveteuses.

– Où donc rangez-vous les poubelles?

– Ben, dans la cour, pardi, Monsieur Boudot,
sous l'appentis! Pourquoi donc? Euh! M'sieur
Boudot! Je... voudr...

Mais Boudot est déjà dans la rue. Deux phrases
échangées avec la logeuse, c'est assez d'un coup.


A l'arrêt du tramway, il calcule : voyons, sa
chambre donne sur la cour, pas loin de l'appentis.
Rien n'empêche en effet que les mauvaises odeurs,
pour peu que les poubelles soient mal refermées,
montent jusqu'au premier étage et s'insinuent chez
lui par la fenêtre qu'il laisse à l'espagnolette durant
la nuit. Il se promet de régler cette affaire avec la
concierge, à son retour, ce soir.

Pour se rendre au bureau, Marcel Boudot doit
emprunter deux tramways et il traverse ainsi la
ville entièrement. Pendant le second trajet, le
tramway s'arrête devant le lycée où il fut jadis

demi-pensionnaire et où il décrocha son brevet
élémentaire. C'est l'unique moment où il s'arrache
à son endormissement. La vue de son ancien lycée
met une petite lumière dans sa prunelle, toujours
la même puisque c'est toujours la même image qui
s'y imprime, une image qui ne lui demande aucun
effort et s'installe presque par réflexe, dès que la
grille du lycée apparaît, avec des langueurs de
chatte qui tourne sur son coussin pour retrouver la
place encore tiède de la sieste précédente. La
secrétaire du proviseur tient une feuille à la main
et du haut de l'estrade de la salle d'études elle
énumère : « Boudot, Marcel – reçu – mention
passable », les lèvres maquillées se convulsent (il
n'y échappe pas car il est sous ses yeux, au premier
rang et pourrait toucher le corsage largement
échancré) et se mettent à sucer son nom comme un
bonbon avec un bruit de muqueuses qui le
contraint à détourner la tête tandis que des picotements lui glissent le long de l'échine et remontent
entre ses cuisses.

Régulièrement, l'image s'évanouit parmi les
grincements du tramway, Boudot se rendort les
yeux ouverts jusqu'au terminus. Aujourd'hui
l'image dure bien après que le tramway a dépassé
les grilles. Elle a l'insistance d'un acteur qui viendrait solliciter les applaudissements du public alors
que les lumières du théâtre sont rallumées et que
les gens enfilent leurs manteaux. Cette insistance
qui dérange Boudot dans ses habitudes est la
conséquence presque logique de ce désarroi mati-
nal où l'a plongé l'irruption de l'odeur. Tout ne
peut être que contrarié après un tel réveil. Il

repense aux poubelles sous l'appentis. L'émanation « surâtre » lui revient, pensée qu'il chasse et qui récidive.

Les secousses du tramway accompagnent douloureusement ces mouvements de la mémoire et il n'est pas mécontent de se voir arrivé à la Gare centrale. La marche de huit minutes jusqu'au bureau lui remettra les idées en place.

Sans lever les yeux sur les vitrines où il se salue machinalement, Marcel Boudot presse le pas. Il exagère les gestes de la marche pour mieux chasser les miasmes des mauvaises pensées, en s'ébrouant énergiquement avec cet air offusqué des chiens qui sortent de l'eau. Evidemment ce n'est bon ni pour les moustaches, ni pour la maigre mèche de cheveux noirs qui s'échappe de la gomina, ni pour la pochette de Madame Moisnard mais il est des urgences qui valent qu'on sacrifie à l'apparence. Il est essoufflé lorsqu'il pousse la porte du cabinet d'expertise avant l'arrivée de ses collègues. Il va en profiter pour remettre de l'ordre dans sa toilette.

Il accroche son veston à la patère marquée M.B., sur le mur du fond, remet en pli la pochette, rentre la mèche sous la gomina, rejoint son pupitre en veillant à la légèreté de ses pieds. Du pupitre, il extrait une boîte en carton, en sort deux manchettes de lustrine noire qu'il enfile avec des moues compassées de chirurgien. Sur ces manchettes, il essuie sa plume entre chaque série d'écritures. Leur odeur d'encre vaut pour lui tous les encens des églises.

Les collègues arrivent. Quelques bonjours de la tête et c'est le silence qui précède l'attente du chef.

Monsieur Lepeigneux entre. Aussitôt Boudot est en accord avec lui-même. Le regard qu'il reçoit de là-haut ruisselle sur son corps en pluie d'allégresse. De ce flot-là on ne s'ébroue pas. On s'asperge de la tête aux pieds, mouillé de reconnaissance. Alors, Marcel Boudot, l'insignifiance faite homme, Marcel Boudot, vestige d'une ère sans âme, Marcel Boudot existe.

Cette journée va s'ajouter aux six mille six cents autres journées consacrées au bureau dont les mille six cent cinquante dernières sont sublimées par la surveillance, sans concession, mais néanmoins juste, de Monsieur Lepeigneux, épiant, par binocle interposé, tout ce qui bouge, suspectant tout ce qui se trame sur les quinze pupitres, l'oreille assez entraînée pour déceler à un raclement particulier d'une plume sur un registre, l'erreur de calcul, ou tout simplement le pâté préjudiciable à la renommée de la maison qui s'honore de la propreté de ses écritures depuis des générations.

Marcel Boudot existe parce que Marcel Boudot a peur – une peur idiote car enfin il n'a jamais été pris en défaut – mais une peur qui s'entretient elle-même, comme un stimulant et lui fait courir le long de l'échine et à l'entrejambe ces picotements ressentis pour la première fois à l'appel de son nom par la secrétaire du proviseur.

Marcel ne fréquente pas ses collègues de bureau. Parfois il dit « Bonjour », on lui répond « Bonjour ». Parfois il dit « Au revoir, à demain ». On lui répond « Au revoir, à demain ». Voilà tout. Il ne se sent pas isolé pour autant. Il lui suffit d'être au milieu d'eux, parmi les crissements de plumes,

d'entendre les injonctions de Monsieur Lepeigneux, pour qu'une chaleur enchanteresse, fami-
liale l'entoure, le sécurise.

Depuis quelque temps, l'un ou l'autre des
employés lui propose des cachous. Il accepte volontiers en rougissant de plaisir, agréablement surpris
par ce zèle confraternel à ajouter au compte de
leur chef qui sait faire régner dans le bureau une
ambiance de saine justice.

A l'opposé des collègues annihilés par la mécanique du copiage, Boudot ne retrouve vie qu'en
alignant ses chiffres à l'encre ocre, galvanisé par
l'effroi d'une faute qu'il est si certain de ne jamais
commettre qu'elle le persécute plus encore tant son
désir l'occupe d'attirer l'attention de Monsieur
Lepeigneux, y compris ses foudres (quel visage,
quelle voix quand il se fâche et que le pince-nez
gicle!).

Cette occupation en exclut toute autre, si bien
que Boudot n'a plus repensé à l'odeur matinale,
jusqu'au moment où dans le tramway du retour,
l'effet Lepeigneux s'étant dissipé, il a remonté la
ruelle de son immeuble serré entre une épicerie fine
et un atelier de prothèse dentaire.

Dans la loge, la concierge a tiré son rideau.
Boudot profite de son absence – c'est l'heure où
elle promène les teckels de Mademoiselle de Villette, la vieille dame impotente de l'entresol,
ancienne directrice de collections chez Chanel –
pour aller jeter un coup d'œil sur l'appentis. La
porte est verrouillée. Il colle son nez aux interstices
et hume longuement. L'air frais de cette soirée de
printemps semble avoir rempli son office car nulle

trace ne demeure des effluves du matin, tout au
plus un amalgame de crésyl et d'épluchures de
légumes mais rien de « surâtre » là-dedans.

Moustaches mises à part, Madame Moisnard a
des qualités, admet Marcel. Elle s'y connaît pour
nettoyer ses poubelles. Avant de remonter à son
appartement, Boudot passe chez l'épicier prendre
la boîte de raviolis du vendredi. Il se laisse tenter
par les premières fraises, moins par envie que pour
ne pas donner aux épiciers l'idée qu'il regarderait
à la dépense.

Manger est une corvée. Sauf lorsque, au café-
restaurant des « Aiglons », il avale son sandwich
au comptoir dans un brouhaha mâle dominé par
l'hilarité de Lepeigneux qui déjeune avec le Directeur de la société, derrière une cloison en verre
dépoli où les gestes des convives prennent l'am-
pleur de signes cabalistiques.

A l'entresol, Mademoiselle de Villette écoute les
nouvelles de dix-neuf heures. Marcel apprécie cet
esprit civique, surtout chez une femme qui s'est
préoccupée de chiffons sa vie entière. Il trouve cela
plus digne que les sensibleries de Jollivet, le locataire du deuxième étage, qui impose à tout l'escalier d'interminables jérémiades de Chopin qu'il fait
pleurer sur un phonographe quand il reçoit la
visite de ce soi-disant ancien camarade du Conser-
vatoire qui ressemble plutôt à un déménageur et
empeste le tabac brun. Madame Moisnard aussi a
des doutes sur les fréquentations de Jollivet. Elle
s'est toujours refusée à faire son ménage. Marcel
Boudot ouvre sa porte et remet le commutateur

électrique en marche (il l'éteint chaque matin par
crainte des courts-circuits).

La maison est impeccable : elle a retrouvé cet
arôme de dentelle défraîchie due à l'exubérance
des rideaux et parures diverses dont sa mère a
truffé l'appartement. Madame Moisnard hérite,
aux étrennes, comme toutes les autres femmes de
l'escalier d'ailleurs – la dernière venue également,
cette jeune divorcée encombrée de deux marmots –
d'un des cent carrés de coton crochetés dont
l'assemblage aurait servi de couvre-lit si son départ
n'en avait décidé autrement.

Même s'il déteste la nourriture, Marcel Boudot
respecte les traditions. Il met la table dans la salle
à manger pour les raviolis réchauffés et n'en laisse
aucun. Les fraises ont un goût de dentifrice. La
TSF n'est allumée que la table débarrassée (on ne
mêle pas la réflexion politique et les contraintes
corporelles). Il s'installe dans la partie « salon » de
la salle à manger afin de lire le journal, écouter la
fin des nouvelles en fustigeant au passage la partia-
lité des chroniqueurs. « La minute du bon sens »
par Saint Granier sur Radio-Cité le réconcilie avec
les ondes. En général, il boit une infusion rendue
nécessaire par les débauches de conserves.

... L'odeur est revenue vingt minutes exactement
après l'infusion, pendant son émission préférée :
« Mireille et ses amis », à l'instant où Jean Nohain,
avec beaucoup de tact, commence à décrire pour
les auditeurs la robe de mousseline que porte
Mireille « très en beauté, ce soir Mesdames et
Messieurs... »

D'abord, il n'y a pas cru. Il a pensé qu'il

s'agissait d'une hallucination ou peut-être un trouble de mémoire. Puis il a fallu admettre. Admettre que l'odeur « surâtre » est en train de se réinstaller en progressant vers lui aussi sûrement que le crépuscule grignote le jour, et l'aube les restes d'obscurité, avec l'évidence implacable dont seule la nature a le pouvoir.

Impossible de rêver plus longtemps sur le décolleté de la robe en mousseline de Mireille : « Si merveilleux, Mesdames et Messieurs », zozote Jean Nohain : un malaise proche de l'angoisse s'est mis à lui comprimer la poitrine. C'est bien l'odeur de ce matin. Elle est décidément écœurante, autant en elle-même que par la façon qu'elle a de s'insinuer ainsi, par traîtrise.

Boudot se lève, l'incertitude aux jambes. Ses orteils de crabe se crispent un peu plus au fond des mules. Son esprit marche à toute allure et une première donnée tombe, dépêche fracassante : « éboueurs – hors de cause – odeur intérieure à immeuble ».

Le mot scandale lui vient. Il l'écarte. C'est plus grave : honte. Honte est le mot juste s'il doit abandonner Mireille et ses amis, réintégrer ses chaussures, son gilet, son veston, sa cravate, son faciès approprié au matin alors que la nuit est déjà là.

Sur le palier, dans l'obscurité, il demeure un moment sans bouger, cristallisant son attention sur son nez en radar. Puis il tourne l'interrupteur. Le rai de lumière jailli du plafonnier lui fait cligner les yeux.

Quel dommage, pense-t-il, qu'une odeur ne

puisse, comme ce faisceau, s'inscrire concrètement
dans l'espace ou mieux : prendre une forme dont
on pourrait se saisir, à pleines mains, pour la
détruire à volonté! Hélas, elle flotte autour de lui
avec les facéties d'un fantôme, se gaussant de la
tranquillité des lieux, narquoise.

Il se souvient que la chaleur monte. Mais qu'en
est-il des odeurs? Celle-ci pourrait tout aussi bien
venir de chez Mademoiselle de Villette ou de chez
Monsieur Jollivet ou encore de chez la divorcée
dont il ignore le nom et qui n'en mérite pas
d'ailleurs.

Il pourrait évidemment passer par la concierge,
la charger de l'enquête, mais il redoute son manque de discrétion. Peut-être existe-t-il un moyen de
discuter à l'amiable en confondant poliment le ou
la coupable?

Marcel descend son étage à pas feutrés. Il écoute
à la porte de Mademoiselle de Villette. Il suffirait
d'une soupe de chien un peu rance... Encore que
cela ne ressemble guère à Mademoiselle de Villette... Une femme bien née donnerait-elle une
soupe rance à ses teckels? En outre, dérange-t-on
une demoiselle la nuit tombée? Derrière la porte, il
entend haleter, puis couiner les deux bêtes. Elles
ont dû le repérer. Boudot rougit si fort qu'il doit
desserrer sa cravate : il se fait l'effet d'un troisième
chien surpris à renifler ses frères.

Battant en retraite, il grimpe l'escalier quatre à
quatre, s'enferme chez lui en s'épongeant le front.
A la voix de Jean Nohain, il mesure le tragique de
la situation : être debout à suer, se battre contre un
ennemi sans corps, tandis que Mireille s'offre dans

l'ingénuité d'une mousseline! Les raviolis n'appré-
cient guère non plus et lui chahutent l'estomac.
Que ferait Lepeigneux devant une telle situation?
« Il agirait, Boudot, il agirait! » A nous deux
maintenant Monsieur Jollivet!...

Marcel est au deuxième étage et agite vigoureu-
sement la sonnette. Le carillon est du même style
sirupeux que la musique dont l'occupant se repaît.
La porte s'entrouvre sur un interminable peignoir
de soie. Les yeux de Boudot remontent, aimantés.
Parvenus à l'échancrure, ils se glacent : la poitrine
de Monsieur Jollivet, blanche, dodue, fixe l'intrus
de ses deux aréoles plates irisées de quelques poils
roux et mouillés qui se collent à la peau en
accroche-cœurs.

— Qu'est-ce que c'est? dit une voix au-dessus des
aréoles.

— Euh! Rien, pardonnez-moi... J'ai dû me trom-
per d'étage. Oui c'est cela, je me suis trompé
d'étage. Au revoir, bien cher Monsieur... Jollivet...
Bonne nuit. Bonne nuit à vous.

La porte se referme sur le frou-frou de la soie.
Boudot, la bouche sèche, redescend l'escalier cram-
ponné à la rampe. Il a beau se rappeler le conseil
de révision avec la file des hommes nus passant au
rapport devant leurs supérieurs, il ne se souvient
pas d'avoir vu, d'aussi près, une poitrine d'homme
à ce degré ignoble.

Il est épuisé en se barricadant à nouveau chez
lui. Il éteint la TSF qui ne l'a pas attendu,
annonçant le concert du soir : une rhapsodie de
Liszt, un familier de Chopin, tout aussi enclin que
lui aux épanchements de collégiennes. Boudot s'ef-

force de faire le tri entre ce qu'il a vu et senti
là-haut maintenant qu'il est en sûreté. Certes, il a
perçu une vague odeur derrière les mouvements de
la soie : peut-être une eau de toilette un peu
concentrée ou le parfum d'une savonnette? Nous
sommes loin des relents dégoûtants qui tout à
l'heure encore... Tout à l'heure? Mais oui, à
propos, ne s'est-elle pas à nouveau volatilisée? A
croire qu'elle va et vient sans logique ou que sa
logique consiste à fuir lorsqu'on la poursuit?
L'odeur a disparu depuis qu'il a cherché à la
traquer dans les escaliers. C'est à n'y rien comprendre, quoique réconfortant momentanément ne
serait-ce que parce que le cœur lui manque d'achever l'inspection des étages et d'interroger la divorcée du troisième. Il décide de s'en remettre pour
cela à Madame Moisnard. Lui renonce.

Marcel Boudot a grande confiance dans les
rituels domestiques. Combien de fois a-t-il conjuré
un souci, une frayeur naissants par un bricolage
appliqué ou en mettant au clair les comptes d'épicerie de la semaine! Les activités relatives à l'hygiène ont sur ses nerfs le même effet lénifiant. Il
exagère volontiers les ablutions du coucher.

Malgré les commodités modernes d'une bai-
gnoire sabot, il préfère se laver par morceaux pour
mieux savourer la progression de la purification sur
les salissures naturelles. Il change de gant de
toilette selon qu'il s'agit du haut ou du bas, se
délecte quand la crasse, mélangée au savon, rampe
sur la surface de l'eau en s'étirant et se rétractant
comme des amibes que le goulot du lavabo aspire
ensuite gloutonnement. Ce soir il savonne particu-

lièrement les aisselles, sa chemise ayant révélé
quelques traces suspectes après sa course dans
l'escalier.

En boutonnant son pyjama, il revoit le pan
débraillé de la soie, les poils roux collés en pétales
autour des aréoles... Image révoltante du laisser-
aller. Certaines images, contrairement à d'autres,
sont parfois polluantes. Elles aussi prennent leurs
aises dans la mémoire, et, de même que cette odeur
qui ne prévient pas de ses allées et venues, elles se
soulagent de leurs déjections en empestant l'esprit
tout entier. Lorsque l'hygiène du corps ne suffit pas
à endiguer l'afflux d'images ou de sensations
dérangeantes, Marcel se rabat sur la lecture. Elle
vient à bout des dernières velléités d'émotion,
particulièrement lorsqu'il s'agit de quelques bons
livres de maximes empruntés à la bibliothèque.

La Rochefoucauld ne sera pas de trop pour
apaiser les blessures de vanité infligées depuis le
matin car il y va de l'amour-propre à n'être point
dérangé dans ses habitudes. Enfin, le calme. Marcel Boudot place le signet dans le livre, le pose sur
la table de nuit, règle le réveil sur six heures vingt
minutes, éteint la lampe, tapote l'oreiller, pose la
tête dessus, lisse ses moustaches, met les bras le
long de son corps, respire profondément à trois
reprises la rassurante odeur de dentelle qui a repris
ses droits dans la chambre, puis sombre immédiatement au fond d'un sommeil sans histoire, un
sommeil qui lui ressemble, un sommeil minéral.
Que ne dure-t-elle, cette nuit d'abandon!

A cinq heures, il se retrouve assis, en nage, le lit
en désordre et l'esprit plus encore. L'odeur brasse

l'air autour de lui comme les ailes empuanties d'un moulin qui se serait englouti dans la fange. Boudot tend l'oreille, cherchant bêtement du côté de l'ouïe la confirmation de son nez. Mais l'odeur ne s'embarrasse de rien qui la détourne d'elle-même : elle est là, à l'état pur, sans support autre que sa propre réalité d'odeur.

Le pauvre homme arpente l'appartement, les pieds nus. La mèche maigrelette de ses cheveux qui s'est prise dans la moustache et coupe son visage par le milieu exprime clairement le déchirement de cet être violenté dans son intégrité. Cette odeur le brise. Elle le casse. Elle rompt la neutralité béate dans laquelle il somnolait depuis tant d'années. « Mais enfin! Mais enfin! » s'entend-il crier, lui qui ne savait même pas qu'il pouvait hausser le ton. « Mais enfin, diable d'odeur! » Les fenêtres donnant sur la rue et sur l'appentis sont ouvertes puis rageusement refermées : ce n'est pas de ce côté qu'il faut enquêter, ni dans les étages, l'escalier paraissant hors de cause depuis la visite nocturne d'hier même s'il demeure un doute sur la responsabilité de la divorcée et sa progéniture dont on peut attendre le pire en l'absence d'un père.

L'évidence s'impose, « regrettable! », se lamente Boudot, « infiniment regrettable! », que la pestilence est imputable à l'appartement lui-même, à sa propre maison, mais pourquoi? Où? Comment?

Ici et là, la lumière du jour naissant dépose de drôles de taches mouvantes sur les tapis, les meubles. Boudot perd toute retenue. Il court de l'un à l'autre, le nez désorienté, formant des vœux pour que l'odeur s'immobilise, se fixe. Les placards sont

inspectés, fouillés les tiroirs, renversées les boîtes à
chaussures, vidés les cartons à chapeaux, exhumés
les valises et sacs de voyage. Rien. Rien qui justifie
l'odeur, davantage putride, davantage écœurante
que la veille.

Marcel s'affale sur le fauteuil crapaud, la tête
dans les mains. Ah! l'essence de verveine de l'appui-tête qu'il croyait maudire, que ne donnerait-il
pour la retrouver aujourd'hui et conjurer l'autre!
Le désespoir pointe son vilain museau de fouine.
Sa truffe humide fourrage dans la tête de Boudot
et, comme lors de la nuit aux anchois, il lui semble
qu'elle lui grignote le cerveau. Le seul remède au
grignotage est le refuge des chiffres. Boudot, instinctivement, s'est mis à compter et à recompter ses
orteils.

Arrivé à cent vingt, l'idée lui vient : le cellier!
c'est le seul endroit de la maison qu'il n'a pas
visité! Il nomme ainsi, pompeusement, un réduit,
collé à la cuisine, où il entrepose les barils d'huile
et de vin que Fernande lui rapporte deux ou trois
fois l'an de sa campagne, auxquels il n'a jamais
voulu toucher et qu'il vide dans l'évier quand
Fernande annonce sa venue. C'est là aussi que
Madame Moisnard range quelques ustensiles de
ménage et met à sécher le linge avec les serpillières,
malgré la réprobation de Boudot qui trouve cette
promiscuité malsaine.

L'énergie lui revenant, Marcel se rend au cellier
et s'y enferme. Assis sur un bidon d'huile, il ferme
les yeux et respire profondément. L'exiguïté des
lieux concentre efficacement les odeurs. Boudot les
repère et les classe mentalement. Il est vrai qu'en-

tre l'odeur d'encaustique du balai O'Cédar,
l'odeur de savon des draps, celle javellisée des
serpillières, celle rouillée de la boîte à outils, il y a
de la putridité dans l'air. Plus il respire dans cet
espace confiné, plus l'impression se confirme. A
quatre pattes, maintenant (oh! le ridicule de sa
position ne lui échappe pas mais au point où il en
est...), il tâte le long des murs, légèrement poissés
par l'évaporation du linge. Sa main heurte un
tuyau dissimulé à l'encoignure.

L'air commence à lui manquer mais il ne désem-
pare pas, reniflant à petits coups secs le conduit
métallique. Les moustaches polluées de poussière, il
se relève, s'époussette. Partagé entre la fureur et le
soulagement, Boudot s'incline devant les faits.
L'odeur semble bien venir de cette tuyauterie de
malheur.

La perspective d'un plombier empestant le vin,
le tabac ou l'ail – peut-être les trois à la fois – le
démoralise à l'avance. En se rappelant qu'on est
samedi et à l'idée que les ouvriers, contrairement à
lui qui travaille six jours sur sept, sont déjà en
congé, il lui faudra passer le dimanche en compagnie de cette puanteur, le museau de fouine revient
lui sucer les méninges. L'état d'urgence est
déclaré.

Boudot réquisitionne tous les coussins de la
maison et les entasse devant la porte du réduit
bouclée à double tour; les interstices restants, il les
colmate avec du sparadrap. Cette pièce est en
quarantaine. Jusqu'à ce qu'il l'assainisse d'une
manière ou d'une autre. Il convient, les émanations localisées, d'en éviter désormais la contagion.

Une heure ne sera pas de trop ensuite pour que Boudot se débarrasse lui-même des miasmes du mal.

Sa toilette tient de la désinfection. Alors seulement il s'autorise un petit déjeuner en contemplant mélancoliquement les pansements de coussins qui condamnent cette partie gangrenée de sa maison avec cet air un peu faux qu'on peut prendre au chevet d'un proche parent atteint de la peste ou autre chancre du même genre, en redoutant secrètement d'avoir à lui tenir la main ou lui donner à boire avant qu'il ne rende l'âme.

A nouveau, le café lui procure une sensation de bien-être purificateur. Le colmatage aidant, l'odeur recule. « Qui sait, peut-être pour toujours?... » espère-t-il en descendant l'escalier où il s'est si mal conduit la veille. Mais aussi, « ouvre-t-on sa porte à moitié nu dans un peignoir de soie, je vous le demande! »

En passant devant celle de Mademoiselle de Villette, il reconnaît les halètements des chiens. Il rougit.

Madame Moisnard nettoie les carreaux de sa loge :

— Ah! M'sieur Boudot, ça va-t-y com' vous l'voulez?

— Certes, certes. Dites-moi, Madame Moisnard, la... personne qui habite au troisième... voyons... vous paraît-elle... disons... recommandable?

— M'dame Saboux? C'est une perle, c'te femme! Et courageuse avec ça. Avec ses deux p'tits... Pardi, tout'seule la pauvresse!

— Certes, certes. Dites-moi, Madame Moisnard.

Pourriez-vous faire venir un plombier lundi à la
première heure? Il me semble qu'un tuyau défec-
tueux dans le cellier...

– Le cellier? Un tuyau? Tiens donc! Entendu,
M'sieur Boudot, j'm'en occupe de c'pas... Euh!
M'sieur Boudot... Il faut que j'vous dise... Ben
voilà... de vous à moi, vous devriez...

Boudot a déjà franchi le porche. La stricte
utilité, voilà à quoi devraient se limiter les conver-
sations selon lui. Un précepte qu'il a retenu d'un
de ses livres de maximes et qu'il suit, pour son plus
grand confort, surtout depuis que sa mère l'a libéré
de ses ratiocinations.

Le tramway ne lui permet pas ce matin de
somnoler comme il aime, en regardant sans voir
cette ville traversée tant de fois qu'elle lui fournit
un décor mental sublimé en ennui – l'ennui : le
seul sentiment qui justifie paradoxalement la
dépense d'énergie, le seul qui vaille de sortir de sa
torpeur. Des visions souillent son esprit : les tuyau-
teries poussiéreuses y voisinent avec des poils roux
sur des tétons et des babines de chiens bavant
derrière une porte. L'ennui n'est pas pour
aujourd'hui.

Arrivé au terminus, Boudot se rendra compte,
stupéfié, qu'il a laissé passer la grille du lycée, la
secrétaire du proviseur et les bons vieux picotements de l'entrejambe. Il serait de méchante
humeur en arrivant au bureau si le risque d'être en
colère et d'ajouter encore à son état d'autres
émotions ne le retenait pas. Et puis, dans quelques
minutes, Lepeigneux apparaîtra. Alors, finies les
pensées funestes, les odeurs déloyales!

Il a dû marcher moins vite de l'arrêt du tram au bureau : ses collègues l'ont devancé. Rentrant les pieds, Boudot se dirige vers sa patère, conscient du silence qui l'accompagne, mais que sa dignité lui impose de ne pas interpréter. Il ne tiendra pas compte, non plus, des chuchotements, des gloussements dont il a appris, depuis le lycée, qu'ils prennent part à la solitude de l'humaine condition...

Les manchettes de lustrine bien relevées au-dessus des coudes, il attend Monsieur Lepeigneux. Il accepte quand même le cachou qu'un groupe en procession (pourquoi en procession?) lui propose en gloussant de plus belle. Le mélange du café et du bonbon ne font pas bon ménage, mais quelque chose lui dit qu'il ne peut se dérober à l'obséquiosité des autres. Lepeigneux fait son entrée.

De l'estrade, derrière le pince-nez, il consent à saluer son monde. Quel port de tête! Marcel recueille sa part de baptême du salut quotidien. Les tâches sont distribuées. Les injonctions n'admettent ni réplique, ni question. « Monsieur Boudot, vous terminerez le Journal des comptes du mois, je vous prie. »

En dehors de l'établissement des appointements des employés que Monsieur Lepeigneux lui confie lorsqu'il est lui-même débordé, Marcel Boudot est préposé, invariablement depuis vingt et un ans, à l'inscription des Dépenses. Pourtant, lorsque l'ordre lui est donné, il le reçoit, depuis vingt et un ans, comme une mission de confiance. C'est donc sans esprit de revanche qu'il voit des collègues moins anciens que lui, accéder à la « Balance

Générale des Comptes » et même au « Grand Livre » relié de noir, trônant sur le bureau du chef, bible sur laquelle Lepeigneux pose parfois ses belles mains d'initiateur.

Boudot se met au travail. De temps en temps, il lorgne sur le binocle miroitant comme un éclat de vitrail qu'irise un rayon de soleil mystique. Le grattement des plumes rythme bientôt les battements de son sang...

Les gargouillis ont commencé à la troisième page d'écriture. Toutes les têtes se sont tournées vers lui. Sans doute ce cachou si inopportunément avalé...

Les bruits de ventre de Marcel ont tourné au supplice quand ils ont pris une régularité hilarante, obligeant Lepeigneux à ramener le silence dans l'étude, le sourcil froncé sur le fauteur de trouble. Par ordre du chef, d'autres cachous sont venus ajouter à l'exaspération intestine. C'est un miracle si Boudot a pu mener à bien son travail de recopiage jusqu'à la pause de midi, l'entrejambe harcelée des picotements de l'émotion. Marcel n'a pas pu prendre son sandwich aux « Aiglons ». Mortifié, il s'est rabattu sur le café du « Terminus » à la gare du tramway comme si, secrètement, il voulait s'en retourner chez lui. Chez lui? Chez lui, cette maison atteinte de ce mal sournois qui, à l'instant même, traverse peut-être l'épaisseur des coussins et déverse partout ses miasmes?

L'après-midi, les tripes se sont assagies, mais la tête a pris le relais du désarroi. Impossible de chasser de son esprit la vision des tuyaux entortillés dans le mur du cellier. Des reptiles qui n'attendent

qu'une occasion pour cracher leur venin : voilà
comment il les imagine maintenant. Plusieurs fois
le pince-nez s'est attardé sur Boudot. Le crissement
de sa plume n'a pas le tempo habituel. L'heure
tourne. Les picotements sont devenus douloureux
et la gomina dégouline. Boudot se revoit à quatre
pattes, dénichant les serpents. L'odeur lui revient.
C'est à vomir. Il ne se rend même pas compte qu'il
essuie sa plume non plus sur la lustrine des manchettes mais sur son costume.

Jamais Boudot n'oubliera le nom du fournisseur
pour lequel la Faute fut commise : « les établisse-
ments Pilliard-Frères ». Un minable bon de livrai-
son de soixante francs! Après vingt et un ans de
copie, l'employé modèle Marcel Boudot, le perfectionniste des pleins et des déliés, a buté sur un X,
sa lettre fétiche, celle dont les courbures symétri-
ques comme des fesses de femme (c'est ainsi qu'il
voit celles de Mireille dans une certaine robe en
mousseline...) le mettent en extase. Sa plume s'est
cabrée aussi rétive que la perche d'un sauteur saisi
de trac en plein stade devant la barre si haut
placée et mesurant soudain, après des milliers de
sauts de même difficulté, la gageure du défi.

Le pince-nez de Monsieur Lepeigneux tombe.
Marcel Boudot fixe le pâté. La tache d'encre en
étoile a la forme des amibes de crasse dans le
lavabo.

Lepeigneux a remis son pince-nez : « Il est cinq
heures, Messieurs », a-t-il annoncé sur un ton
neutre. « Vous pouvez disposer jusqu'à lundi,
8 heures » et il est sorti, sans daigner un regard
pour Marcel Boudot.

A l'entrejambe, ce sont des jets de feu. Puis une impression de pétrification de tout le corps comme si la conscience trop vive de la catastrophe agissait en anesthésiant puissant, salvateur. On est venu lui tapoter l'épaule et déposer sur son pupitre la boîte des cachous qu'il a rangée dans sa poche...

Madame Moisnard a vu monter quelqu'un qui ressemblait à son Monsieur Boudot, en plus emmuré. Ce n'est pas ce soir qu'elle pourra lui dire ce qu'elle a à lui dire, d'autant « qu'c'est tout'd'mêm' délicat c't'chose-là ».

Marcel s'est laissé choir avec son veston, sa pochette, sa cravate, ses chaussures sur le fauteuil crapaud...

C'est peut-être encore l'odeur qui l'a sorti du sommeil ou bien le cliquetis des cachous dans sa poche.

Sur l'écran couleur d'encre de la mémoire, il s'est projeté le film complet de son infortune. La netteté des images a le tranchant d'un verdict.

N'ayant pas pleuré depuis des dizaines d'années, il ne comprend pas sur le moment qu'il sanglote. Déchirant l'aube de hoquets, ses pleurs redoublent quand il en retrouve le sens car n'est-ce pas à pleurer que d'avoir à pleurer? Le nez coquillage vire au cramoisi et les rouleaux de varech épongent tout juste cette marée inconnue des océanographes.

Derrière les carreaux, le jour temporise. On dirait que lui-même est déconcerté par le spectacle, vu du dehors, de ce pantin secoué de soubresauts, semblable à Guignol dont les désespoirs et les appels au secours ont fait crouler de rire tant de

générations d'enfants sadiques dans les jardins
publics.

Bien qu'il lui cuise en avivant la honte, le
recours à Lepeigneux fonctionne encore. Boudot
s'y accroche. Il y puise assez de force morale pour
moucher son nez dans sa pochette. L'odeur s'épanouit alors en longs fumets vénéneux. Jamais elle
n'a été si forte, lui semble-t-il. Elle l'entoure. Elle
l'encercle. Son double. Son ombre. Il faut agir.
L'abattre sans délai.

Marcel Boudot se rue dans la cuisine. La pile de
coussins n'a pas bougé. Il jette sur une chaise son
veston, sa cravate, expédie les coussins à coups de
pieds, arrache le sparadrap. Chaque geste s'accompagne de grognements de bête qui étonnent venant
d'un corps si frêle. Pour une fois, la grandeur des
pieds a sa raison d'être : elle aide à la violence. La
porte cède sous leur poids. Les bidons d'huile, les
balais, le séchoir, draps et serpillières confondus
s'empilent au fond du réduit.

Les reptiles, lovés sur eux-mêmes, sont là. Boudot, haletant, les surplombe de toute sa haine. Il a
lu un jour les exploits d'un héros antique massa-
crant une hydre aux têtes multiples. Sûr que
Lepeigneux lui pardonnerait s'il pouvait le voir
ainsi en vainqueur illustre! Pour ce faire, le calme
s'impose. Reprendre son souffle. Fourbir ses armes
et, à tout hasard, fermer l'arrivée d'eau sous l'évier
de la cuisine et de gaz dans le placard de l'entrée...

Marcel roule ses manches de chemise, ouvre
large son col où trois poils follets se disputent une
poitrine glabre, prend sur une étagère une boîte à

outils et prépare ses instruments. Comme ce matin, la petitesse du cellier et le manque d'air intensifient l'odeur, la rendant bientôt irrespirable.

Boudot ignore tout de la plomberie et de son art. Ce qui touche au sanitaire blesse sa pudeur, les procédés d'évacuation par exemple le rassurent en même temps qu'ils le dégoûtent. Il se félicite que les souillures d'une maison puissent être ainsi jugulées et chassées mais l'idée de la tuyauterie drainant l'immondice le dérange au plus haut point peut-être parce qu'elle suggère sa propre constitution, ses organes cachés...

A genoux, une clé à molette dans une main, un tournevis dans l'autre, c'est à cela que songe Marcel devant les serpents de métal qui maintenant lui font plutôt l'effet d'intestins mis à nu. D'ailleurs y a-t-il de la raison, sans savoir-faire, sans technique, à aller y voir? « Certes, certes. » Cependant comment, si près du but, ne pas tenter quelque chose pour sauver l'appartement de l'empuantissement général?

Boudot hésite. Mais l'arrivée d'un effluve plus chargé encore que les autres force sa décision. Il entreprend donc de démonter les premiers anneaux de la canalisation. Sa minutie fait merveille. Par ordre de grandeur, il range par terre sur une taie d'oreiller qu'il prend au séchoir, chaque boulon, chaque vis, chaque élément détachable du circuit. Surprise : les pièces extraites sont vides. En soufflant à l'intérieur, il n'en sort qu'une poudre de rouille sèche et surtout sans odeur. Le mieux est d'avancer, de suivre les tuyaux jusqu'à parvenir au

cœur du mal qui ne peut plus être bien loin étant
donné la force grandissante des relents.

Les heures passent. Les boulons cèdent difficile-
ment. Marcel Boudot a fini par détacher près de
deux mètres de tuyaux en reniflant les éléments
prélevés sur l'ennemi. Il se demande si cette canalisation n'appartient pas à une partie désaffectée
du circuit. A moins qu'elle ne la rejoigne plus loin?
Plus loin, c'est-à-dire sous la cloison qui relie le
cellier à la cuisine. Il s'agit de le vérifier.

Boudot en profite pour s'extraire du réduit où il
suffoque. Il s'appuie au chambranle, pris de ver-
tige. Un morceau de pain traîne sur la table. Lui
qui n'a jamais mangé de pain autrement que
coupé en fines tranches dans une corbeille réservée
à cet effet, il mord dans le quignon à pleines dents,
couvert de crasse, hirsute. Il est comme possédé.
Possédé du désir de vaincre, de comprendre ce qui
depuis deux jours est venu en cataclysme violenter
ses sens, troubler l'ordre immuable dans lequel il
vivait.

Son bras palpe sous l'évier la moiteur du mur et
il éternue violemment sur les poudres à récurer que
Madame Moisnard a entreposées à cet endroit par
pure méchanceté. Enfin, il sent sous ses doigts la
forme attendue d'un tuyau. C'est ce qu'il crai-
gnait : ce dernier se perd dans la paroi qui jouxte
le cellier. A nouveau l'odeur revient en force et
rejette Boudot en arrière. Comment imaginer
qu'on puisse être assommé par une odeur! Il la
reçoit en effet en plein visage : un jet de pestilence à
vous fendre le crâne en deux, à appeler sa mère.

Boudot se relève en trébuchant. Il s'agrippe au

rebord de l'évier. Sa pâleur n'a plus rien à voir
avec sa naturelle pâleur de momie : c'est celle de
l'épouvante, de celles qui font se hérisser les moustaches. Marcel ouvre grand le robinet pour se
rafraîchir, oubliant qu'il a coupé l'eau. Un crachat
humide le lui rappelle. Il se laisse choir parmi les
coussins. Guignol avait l'air d'un Casanova auprès
de ce tas de chiffons.

Il n'a pas souvenir que quelque chose lui ait
résisté au cours de son existence comme cette
odeur, sauf Giselle, la postière, le soir où il a frôlé
sa poitrine en prenant sa lettre recommandée au
guichet, sans autre ambition que de la comparer
avec celle de la secrétaire du proviseur, par curiosité scientifique en somme, histoire d'en connaître
assez sur les femmes pour faire bonne figure, au
cas, peu probable il est vrai, où ses collègues, qui le
prennent décidément pour un niais, lui demande-
raient son avis, Giselle dont la rebuffade publique
a clos ses prétentions en matière d'amour et permis
– grâce lui soit rendue – qu'il fasse l'économie des
désillusions et se consacre essentiellement à sa mère
(qui eut elle-même le bon goût de ne point abuser
du monde d'ici-bas), à son travail et à la salubrité
de son esprit. La gifle de Giselle l'a arrêté net pour
la bonne raison qu'il l'espérait intérieurement afin
de légitimer le choix de son célibat, la conscience
en paix.

Celle que lui assène l'odeur est d'un tout autre
genre parce qu'elle l'atteint en ce qu'il avait de
plus sûr : cette insensibilité astiquée avec l'obsession d'une ménagère et trônant sur sa vie comme
une pièce d'argenterie sur un buffet, sans autre

*A contre-sens*

utilité que celle de justifier la ménagère en question.

Affalé dans les coussins, Marcel sent les brûlures que le coup de cravache de l'odeur a infligées à sa chair. Son crâne ouvert résonne encore du claquement muet qui l'accompagne. On raconte que certains fauves de cirque endormis des années durant par la magie du domptage, dociles au fouet qui ne provoque guère plus que des coups de patte désabusés de chatons pleins de paresse, se réveillent un beau jour, sans raison, et se jettent sur leur maître toutes griffes dehors.

Marcel Boudot, l'inoffensif petit comptable, Boudot, va se muer soudain en lion. Au-delà de la volonté de comprendre et de vaincre, une rage sauvage l'inonde. Un instinct de violence, de destruction, venu d'une lointaine contrée, d'une savane secrète où la morale, la bienséance n'ont plus cours, où les Moisnard, Mireille, Lepeigneux, Lepeigneux lui-même, n'ont plus leur place.

Boudot s'est remis sur ses pieds. S'il pouvait se voir à l'instant, il serait le premier sidéré par la férocité de son visage et ses rugissements animaux tandis qu'il cherche dans un coin d'établi du cellier d'autres armes de combat : une hache et un marteau presque plus lourds que lui. S'armant alternativement de l'un et de l'autre, il commence à démolir la partie de la cloison qui lui dérobe la tuyauterie entre le réduit et la cuisine où l'odeur dissimule, selon toute vraisemblance, son repaire. Le plâtre s'effrite sous les coups, mais le mur résiste.

Il lui faudra des heures pour abattre la paroi.

Des heures pendant lesquelles les gravats vont
voler un peu partout dans l'air suffocant, envahir
la cuisine et recouvrir l'homme-lion d'une poussière de chaux.

En vain, Madame Moisnard, alertée par le bruit
accourra et tentera de forcer la porte que Boudot a
bloquée avec la chaîne de sûreté lors de son retour
en panique de la veille. En vain elle suppliera « le
brave Monsieur Boudot » de lui expliquer ce qui se
passe, « Bon Dieu d'là! ». Privé d'eau, Marcel
ouvrira une, deux puis trois bouteilles du vin de
Fernande, pour calmer sa gorge desséchée, et faute
de mieux se décrasser les mains, il finira le pain
avec des sardines à l'huile qui dégoulineront sur sa
chemise et le long des moustaches.

La férocité du regard demeurera quand le dernier bout du mur cédera à la hache et qu'il
plongera sur la tuyauterie enfin libérée avec la clé
à molette. A la nuit tombée Boudot aura dévissé
un mètre supplémentaire de canalisation, reniflé
toutes les pièces vides ainsi que les précédentes,
n'en tirant qu'un remugle de poisson mélangé de
vinasse.

Boudot, muni d'une lampe de poche, s'introduit
à nouveau sous l'évier. A nouveau chaque pouce
des parois encore debout est examiné, logique-
ment, archéologiquement. Le faisceau s'immobilise
sur un renflement inattendu. Il s'explique sa
bévue : une seconde canalisation s'embranche du
côté opposé au cellier, vers les lieux d'aisances. Il
s'est trompé de tuyau! Comment ne pas avoir
songé d'ailleurs qu'une telle odeur puisse avoir une
autre origine que celle-là? Il fête sa sinistre décou-

verte d'un haut-le-cœur à donner la chair de poule à un bataillon d'hépatiques. L'affaire s'aggrave s'il s'agit de la fosse septique. Attendre le plombier, en ce cas, n'est plus une solution possible, mais un devoir.

Le tableau qui l'attend au sortir de son trou à rats s'impose alors dans sa consternante vérité : un saccage! Voilà ce qu'il a fait de sa cuisine. Et Madame Moisnard qui vient demain pour le ménage! Et le plombier? Que va-t-il penser, le plombier, de ce travail d'amateur?

Marcel paie cher le prix de sa sauvagerie. Le restant de la nuit, il l'épuise en allées et venues entre son appartement et l'appentis aux poubelles à transporter les gravats, sur la pointe des pieds pour ne pas éveiller les soupçons de la concierge, en s'éclairant maladroitement de sa lampe de poche qui va rouler plusieurs fois dans l'escalier, s'éteindre aux pires moments. Les pièces de plomberie, il décide de les cacher provisoirement sous son lit. Son projet est de les remonter après le passage de l'ouvrier. Dans son malheur, il bénit le ciel (un atavisme qu'il tient de sa mère) de n'avoir démantibulé qu'un système de canalisation hors d'usage et de pouvoir récupérer son eau courante pour laver la cuisine de fond en comble en pataugeant indéfiniment dans une espèce de pâte à crêpes qui lui colle aux semelles.

A l'aube, Boudot se laisse tomber en travers de son lit. Les croûtes de plâtre détachées des chaussures étoilent le plancher, le tapis. L'édredon en prend pour son grade également. Le pantalon, la chemise, les cheveux ne valent guère mieux. Le

sommeil le sauve provisoirement de la conscience
de sa déchéance.

A six heures vingt, Tante Marguerite va frapper
un grand coup en l'arrachant à la béatitude de
l'oubli. Il apprend, de toutes les fibres de sa chair,
le sens exact du mot « nauséeux ». L'intensité de
l'odeur fabrique de la nausée comme une araignée
sa toile. Elle la tisse de la langue au palais, de
l'estomac à l'intestin, du foie au cœur et le corps
entier se réduit à un insecte pris dans ce réseau
bilieux de fils vomitifs. Ce matin, l'odeur est à
rendre tripes et boyaux. Il s'y ajoute de surcroît la
senteur de moisi du plâtre dont il est maculé.
Dépassant du lit, sur le plancher, les tuyaux alignés
braquent sur lui leurs gueules de canons.

Marcel n'ose pas pénétrer dans la cuisine à
l'évier éventré. Il se déshabille du bout des doigts
et laisse choir à ses pieds ses vêtements comme un
oignon qui s'éplucherait lui-même de ses pelures
douteuses. Il se résout à se doucher — activité
détestable à laquelle il ne s'oblige que mensuelle-
ment — ses chaussures aux pieds pour en décrasser
le cuir. Les rigoles blanchâtres qui glissent des
cheveux le long du torse rachitique lui rappellent
Fernande et l'un des plus ignobles spectacles de son
adolescence : le dimanche où son ancienne nourrice venue pour fêter ses quinze ans, un paquet
hurlant sur les bras, a trouvé bon, à peine arrivée,
d'ouvrir sa robe pour allaiter le braillard et qu'un
liquide a giclé hors du corset jusque sur le soulier
de Marcel.

Durant des mois, il a marché en martyr, obnu-
bilé par la trace du lait sur sa chaussure, rêvant

d'amputation du pied les jours pairs et de cancer
du sein les jours impairs... Il a fallu un bon quart
d'heure avant que l'eau ne retrouve au niveau du
siphon sa clarté naturelle. Marcel Boudot a fini par
retirer ses souliers, laver ses chaussettes. Leur jus
sombre gouttant dans le lavabo lui a remis en
mémoire l'infamie d'une autre tache, celle commise sur le registre du Journal des Comptes. Il
l'avait oubliée! Une semaine débutait et contrairement aux autres lundis en fête, il allait devoir
affronter l'humiliation d'une faute. Son unique
Faute.

Pourquoi un événement qui a hanté votre imagination à l'état de chimère se réalise-t-il si différemment de ce que l'on avait supposé? Beaucoup
plus sobrement en tout cas, comme si la réalité
avait ce don exclusif d'aller à l'essentiel sans les
falbalas du fantasme?

La représentation de la Faute n'avait aucune
mesure avec son accomplissement; il avait tablé sur
la fureur de Monsieur Lepeigneux, sur des mesures
de rétorsion sauvages, draconiennes, sur un désa-
veu public, il s'était retrouvé devant un désagrément à peine suggéré par la chute du binocle; la
Faute avait-elle donc si peu d'importance, qu'elle
n'a déclenché aucun séisme? Elle n'en était que
plus vexante encore. Il la lui fallait, son expiation,
à Boudot, de toute urgence, quitte à l'implorer!

La condition désastreuse de l'appartement, l'absence de sommeil, la difficulté à se refaire une
apparence et cette odeur de démon qui persiste et
signe, seul le châtiment de Lepeigneux, un Châtiment exemplaire pourrait l'exorciser car seule une

douleur suprême peut venir à bout d'une accumu-
lation de maux dont on surestime peut-être les
effets. C'est l'unique espoir qui reste à Marcel
Boudot de retrouver ses repères, reprendre contact
avec le réel, en finir avec le cauchemar.

Madame Moisnard est occupée dans sa loge et
ne voit pas descendre son locataire du premier à
qui elle aurait beaucoup à dire, décidément. Une
quantité impressionnante de gravats crottent l'escalier. Marcel Boudot, le ventre vide, le foie sur les
lèvres, rase les murs et se sauve comme un malpro-
pre jusqu'à la rue. Il a tort de croire qu'il a
échappé à un grand danger en trompant la vigi-
lance de sa concierge moustachue. Il aurait mieux
valu qu'il la croise comme chaque matin. Il aurait
mieux valu qu'elle lui parle, une bonne fois, malgré les scrupules qu'elle en éprouve depuis bientôt
près de trois semaines, mieux valu qu'elle avertisse
Monsieur Boudot, en toute amitié, de... Mieux
valu pour lui que cela vienne d'elle plutôt que...
Trop tard : il est dans le tramway à mettre au
point un « mea culpa » de convention dont il
compte bien que Lepeigneux ne fera qu'une bou-
chée de sa fureur verbale. Seule la réprimande
intéresse le coupable. Aux chaos du véhicule, Marcel mesure combien le corps s'apparente à une
outre remplie de matières douteuses. Des jets de
bile affluent jusqu'à sa bouche où ils clapotent puis
refluent de la même manière. Ces assauts organi-
ques nuisent à sa concentration. Néanmoins son
texte est prêt lorsqu'il entre dans l'étude à l'heure
pile. Une agitation insolite accueille son arrivée car
tous savent déjà.

Il accroche son manteau à la patère M.B. Il
espère que personne ne va lui proposer de
cachou.

La lettre est en évidence sur son pupitre, libellée
à son nom. Il reconnaît la gracieuse écriture de
l'adjoint au directeur qui a la charge des convoca-
tions exceptionnelles, des missions officielles, les
vœux pour la nouvelle année par exemple. Aussitôt, les picotements lui descendent le long de
l'échine et se glissent dans l'entrejambe : le Châtiment!... « Convoqué dans le bureau du directeur...
dès son arrivée », précise le mot. Boudot n'en
espérait pas tant. Le bureau du directeur! Lui
debout, penaud... Le Directeur pointant le doigt.
Une voix glaciale... la sentence... Implacable! Ah!
griserie! griserie de l'épouvante! Marcel regarde
autour de lui. Les autres se sont tus et le dévisagent
sans bien saisir comment une telle lettre peut
provoquer semblable extase sur le visage d'ordinaire si éteint de leur collègue. Jamais Marcel
Boudot n'a éprouvé ainsi, le sentiment de son
importance. A regretter de ne pas l'avoir commise
plus tôt, cette Faute dans « le Journal des Comptes ». Que de temps perdu à ce perfectionnisme
têtu! Et qu'est-ce qu'une odeur, aussi surâtre soit-
elle, quand vous devenez ainsi le centre d'intérêt
de toute une étude, un beau lundi de printemps?

La sortie de Boudot se rendant à la convocation
de son Directeur restera dans les annales du Cabinet d'expertise. On en conviendra unanimement :
il y a du sublime dans ce bout d'homme aux trop
grands pieds, marchant, tête haute, vers le cal-
vaire.

Oui, il aurait mieux valu qu'il la croise, Madame Moisnard, comme chaque matin, que cela vienne d'elle...

Trop tard. Il frappe à la porte et on a dit : « Entrez ». Les picotements font place à de soyeuses caresses d'une plume de paon maniée par un séraphin.

— Approchez, mon ami. La voix est grave.

C'est fou, pense Boudot, ce qu'un directeur qui ressemble à un directeur vous rassure sur l'état du monde, sur le sens de l'Etre.

Quelqu'un est assis, de dos, en face du bureau.

Marcel avance d'un pas. Il flotte sur un tapis de sourires angéliques. C'est Lepeigneux, Lepeigneux en personne qui lui tourne le dos. Il reconnaît le cou sanguin et viril de l'homme qui boit le café sans lait.

Quelle excellente mise en scène, se dit encore Boudot, digne de la Faute et bientôt du Châtiment...

A nouveau la voix grave du directeur. De là-haut. De très haut.

— [...] Boudot. Vos collègues se sont plaints à Monsieur Lepeigneux. La situation ne peut plus durer. Vous finissez par perturber leur travail. Le fait est que vous sentez épouvantablement [...]. Ce [...]. Cette [...] odeur [...]. Surâtre [...]. Ressort médecine [...]. Boudot [...]. Régler problème [...]. Au plus vite [...].

De très haut Marcel Boudot tombe maintenant, à son tour.

L'odeur, c'était lui.

Il était l'odeur.

*Hélène*
*et le pot au lait*

Nu, le mollet d'Hélène s'imprègne de la tiédeur du lait et le duvet de la peau se hérisse au contact poisseux du bidon. Hélène quitte l'étable, l'aisselle humide des effusions d'un veau nouveau-né en mal de tétée.

Un vent de fin d'automne l'oblige à rabattre sur ses cuisses sa jupe en lainage un peu rêche, retenue par une grosse épingle à nourrice dorée. Dans les jours prochains, elle ne coupera pas au manteau rouge de l'année dernière déjà extrait de la naphtaline.

Floche, le chien noir du vacher sur les talons, Hélène traverse la cour. La fermière, Madame Blanchard, les pis de métal de sa trayeuse pendus en grappe autour du bras, hoche la tête. Elle éprouve de l'intérêt pour cette petite demoiselle qui, samedi après samedi, insiste pour l'aider à la traite et ne regimbe pas si, par accident, de la bouse éclabousse ses socquettes; Floche tournicote autour de la fillette. Son poil crotté dégage une odeur de linge sale mouillé.

Contrairement aux autres animaux de la ferme,

Hélène ne le caresse jamais sans une certaine répugnance à cause de cette sournoiserie qu'il a de fourrer sa gueule dans les plis de ses robes au moment où elle s'y attend le moins. D'ailleurs Madame Blanchard non plus n'aime pas cela et plus d'une fois il lui est arrivé de lui « botter le train », comme elle dit, pour lui apprendre à se tenir, si rudement qu'Hélène en est parfois gênée. C'est pourquoi ce soir, elle surmonte son dégoût et flatte quand même le chien sur le haut du crâne, à l'endroit où le poil est ras et sec, en le maintenant à distance.

Le crépuscule s'est mis à descendre, enhardi par les nuages gorgés d'ombre, en barbouillant le sol de traînées opaques qui émoussent le relief. Hélène s'arrête. Au pied du portail, quelque chose brille. Elle se baisse. Un bijou, peut-être ? – Non, une pierre, une simple pierre mais d'un éclat gris presque argenté.

Hélène s'accroupit et pose son bidon de lait. Elle fait rouler le caillou d'une paume à l'autre. Son goût des minéraux tient de la passion. Elle les collectionne, enveloppés dans du papier crépon, sur une étagère du grenier. Ensemble ils refont le temps d'avant les hommes. Evidemment, c'est plus embarrassant que les timbres de son frère mais autrement moins ordinaire.

Hélène crache sur ce nouveau trésor et l'astique sur la manche de son chandail.

Floche s'est approché, gueule béante, babines baveuses. Il entre et sort sa langue comme s'il ne savait pas quoi en faire.

Hélène, toujours accroupie, le repousse du

coude, essuie la bave sur son genou avec le bas de
sa jupe et glisse le joyau dans sa poche. Elle saisit
l'anse du bidon, s'apprêtant à se relever, quand
elle se sent retenue à terre. Une pince l'immobilise
à hauteur de la taille. Elle croit à une crampe, une
ankylose. Soudain, sous ses cheveux rassemblés en
natte, sur la nuque, au plus intime de la nuque
dont seule jusqu'ici sa mère qui la coiffe connaît la
renversante finesse : un souffle chaud trahi par son
odeur, celle du linge sale mouillé.

Floche. Floche est plaqué contre elle.

Saisi par cette tenace embrassade qu'amortit
l'épaisseur des poils, le dos d'Hélène ne tente
aucun mouvement. Il ne peut comprendre ce
qu'on attend de lui.

Quelques secondes. La scène ne durera guère
plus et pourtant elle la revivra pendant des années
comme s'il fallait des années pour en épuiser
l'abjection, pour que la pensée la digère, des
années pour traduire en temps l'âpreté du
moment, des années aussi à en user le souvenir, le
traquant aux frontières du vrai, jusqu'au moment
où, visitée et revisitée, la mémoire en sera réduite à
broder sur l'infamie d'autres motifs plus infâmes
encore, faute de combustible à un dégoût jamais
apaisé.

Floche. Le chien Floche plaqué contre Hélène,
contre l'obscurité des sens.

C'est d'abord pour son cou qu'elle craint,
Hélène, là où elle imagine être en danger, à cause
de ce souffle qui soulève le duvet des cheveux et
prend le rythme haletant d'une frénésie, d'une
adjuration dénuée de raison, à cause du col du

chemisier qui s'imbibe bientôt d'une salive, d'une lave à lui ronger la peau parce qu'elle imagine d'où elle vient : du ruissellement continu de cette langue rose, distendue, trop lourde pour se hisser entre les crémaillères noires des gencives, pendouillant dans son cou comme une cravate tissée de vapeurs fétides.

Puis elle les voit. Elle voit les deux pattes arrimées sur chacune de ses hanches, les griffes se déployant à l'extrémité des doigts velus. Alors le danger se déplace. Il se cristallise dans les simulacres de mains qui la clouent au sol et lui rappellent une illustration du *Petit Chaperon rouge* quand le loup, déguisé dans le lit de la grand-mère avec sa chemise et son bonnet de dentelles, pose sur les draps blancs ces mêmes pattes insolites, des pattes qui font semblant, des pattes qui mentent.

Hélène fixe avec effroi ces mains inouïes qui l'enlacent et sent les secondes se dilater d'horreur devant son impuissance à réagir. L'effarement la paralyse. Un effarement qui inclut une certitude : quelque chose de mal, de très mal est en train de se passer que seule, elle, Hélène peut, doit arrêter.

Mais voilà, Hélène ne bouge pas. Hélène ne bronche pas. Le souffle trempé sur la nuque et la pression des pattes sur ses reins livrés à son indécision, l'effroi croît, pas seulement en force, en intensité, mais en genre, en diversité. Car si le chien noir du vacher, le chien de ferme à l'odeur de linge sale mouillé lui fait peur à la retenir ainsi contre son gré, plus encore l'effraye cette part d'Hélène qui atermoie, cette Hélène qui à force de ne pas bouger pourrait bien consentir. Consentir à quoi? Elle ne sait pas trop bien. En tout cas à une haleine mouillée sous la natte, à un enlacement de sa taille prise en étau sauvage.

Hélène a toujours une main, sa main droite, sur l'anse de son bidon de lait. Elle s'accroche à cette anse de toute sa vertu de petite fille, celle des socquettes, de l'épingle à nourrice dorée. L'autre main, la main gauche, devrait lui servir à se dégager de l'étreinte. Mais on croirait ses gestes rendus inefficaces par un envoûtement. Hélène essaie de tirer l'une des pattes du chien. Ses efforts ne font qu'empêtrer plus encore les griffes dans la maille du chandail. Ces hameçons de corne, trans-lucides, érectiles, émergent des doigts comme de minuscules têtes de vipères. Elle en compte quatre. Quatre morsures possibles, quatre accrocs dans son lainage, quatre raisons d'avoir peur de bouger. Le cinquième, elle se souvient qu'il se trouve en dessous, peut-être moins dangereux, moins invinci-ble. Elle cherche donc dans la broussaille, la gadoue du poil et le trouve, lové sur lui-même, assoupi, contre un vallonnement de peau si doux qu'Hélène ne résiste pas à le caresser. Elle est sur les coussinets. Elle en compte quatre, quatre mon-ticules de chair attendrissante, quatre raisons de n'avoir plus envie de bouger, quatre raisons de laisser sa menotte de petite fille sous la patte du chien.

— Floche! ici, Floche!

La voix de Madame Blanchard entaille la pénombre d'une colère blanche, aussi nette que tout à l'heure la pierre d'argent sur la confusion du sol.

— Tu vas voir, saligaud!

La fermière court presque vers eux. Les pis métalliques carillonnent à son bras. Un tocsin. L'apocalypse.

Hélène se secoue de son engourdissement. La colère de la femme l'inonde d'une énergie contagieuse. Ce qui paraissait impossible est tout à coup rendu possible. Les gestes s'enchaînent le plus naturellement du monde : l'enfant lâche son bidon, attrape les deux pattes du chien, les détache avec fermeté de ses hanches, rejette d'un coup de reins le ventre ventouse et se redresse sans effort.

Le bruit sourd du bâton sur l'échine de la bête, son hurlement puis ses sanglots emportés par l'obscurité, auraient dû suffire à la remise en place de ce qui fut déplacé. D'ailleurs la fermière est déjà repartie vers l'étable en grommelant. Pour elle, l'affaire est close. Pour Hélène, elle commence.

Elle commence par ses propres mains qu'elle regarde comme si elle ne les reconnaissait pas. Une sensation inhabituelle : l'impression qu'elles gardent l'empreinte d'un contact interdit.

Debout, à côté du portail, le bidon de lait à ses pieds, loin des bruits de l'étable et pas si près que cela de la maison qu'il faut rejoindre par le petit sous-bois, Hélène est confrontée à la vraie solitude, celle du tourment qui ne se partage pas. Déjà elle le pressent. Déjà elle en mesure, bien à l'avance, les effets sur son âme de nature pourtant confiante qui voudrait partager. Est-ce le vent de novembre qui fait frissonner ses jambes au point de la contraindre à s'appuyer à la balustrade? L'humidité du soir qui fait cogner ses dents? La mort du jour germer

les boutures où circulent le suc, le fiel de la
répulsion? Hélène le voudrait bien. Alors un manteau rouge sorti de la naphtaline saurait la
réchauffer. Il aurait le pouvoir de cueillir la nausée
en bourgeons avant qu'elle ne s'épanouisse en
fleurs d'épouvante...

Hélène prend le chemin du sous-bois qui longe
la chapelle des Sariettes. La langueur de ses membres rend la marche abstraite. Il lui semble rebondir sur les surfaces molles et élastiques des lendemains de fièvre. Ce pourrait être agréable si son
esprit, léger, s'y laissait porter également. Mais
cette inertie n'est pas celle des saines convalescen-
ces; elle tient de l'empoisonnement.

Une pensée toxique monte en elle son campement, installe ses troupes ainsi qu'une armée sûre
de la victoire future n'ayant d'autre idée que les
réjouissances, répétant les fanfares, cavalcades et
autres ovations finales avant même de s'être bat-
tue, ruinant ainsi le moral de l'ennemi.

Hélène n'en est pas à sa première intoxication.
Malgré ses huit ans, elle est rompue à la drogue de
l'anxiété, une accoutumance que dans la famille on
a pris l'habitude d'appeler par euphémisme : sa
fragilité. Ce mot convient si mal à ce qu'il est censé
circonscrire que c'en est une pitié. Il a bien fallu se
passer du secours des parents en cette matière,
lesquels exagèrent toujours, selon elle, les incidents
et sous-estiment en revanche les drames, les vraies
catastrophes avec l'illusion qu'une bourrade, un
câlin, ou pire, un raisonnement, pourront en venir
à bout. Malgré ses huit ans et grâce à eux, Hélène

a fait son deuil des antidotes aux terreurs, aux divagations de sa jeune âme.

Parfois, prise d'un espoir sot, elle se confie à sa mère ou à Etienne, son frère et compagnon de jeu. Elle s'ouvre parcimonieusement afin de ne pas les épouvanter, ne révélant qu'une faible part de ses spéculations vénéneuses, mais, même en dépit de ces précautions, l'accueil qu'elle reçoit est très déconcertant et elle n'y recourt qu'exceptionnellement, seulement quand le poison, venant de trop d'égarements, sur trop de fronts à la fois, elle a l'impression qu'elle n'y survivra pas, seulement en cas de péril extrême.

Hélène contemple ses mains. A nouveau, elle retrouve la sensation précédente, celle d'une présence indistincte, une forme sur la surface de la paume qui en garderait la mémoire cachée.

Il serait temps de rentrer, grand temps. Certes pas en vue d'en parler, pas non plus pour terminer ses devoirs de classe mais pour qu'on s'agite autour d'elle, pour corroder l'angoisse à la présence des autres, l'user sur leur rassurante normalité, les entendre, les voir vaquer. Elle parcourt le sous-bois à vive allure en s'aspergeant de lait.

Sa mère l'a entendue grimper le perron et l'attend à la porte, souriante : « Toi, tu as eu peur! », lui dit-elle en lui prenant le bidon poisseux des mains.

Hélène reste interdite.

— Quand on court ainsi avec le lait, c'est qu'on a peur, non? Il est vrai que le sous-bois à cette heure-ci...

Ineffable mère qui comprend sans comprendre!

Hélène en déduit que ce doit être exactement cela le rôle d'une mère : être dans la plaie sans s'y perdre. A la fois dedans et dehors. Assez au cœur des choses pour compatir, assez à distance pour ne pas complaire.

Et le père? Un père ça vit sa vie. Il trouvera sa fille ni plus ni moins pâlotte que les autres soirs. Sa fille a et aura la même frimousse chaque jour que Dieu fait, pour la vie entière, y compris au bras d'un mari.

Le frère? Ah! le frère... Il devine quand Hélène « s'en va » (c'est ainsi qu'il nomme ses états anxieux) à son manque de cœur à se pâmer de tout de rien, simplement parce qu'il est auprès d'elle, plutôt mariole avec ses deux ans d'avance et ses grains de folie qui tombent en giboulées en fracassant tantôt une vitre ou un bras, tantôt, par grosse tempête, la patience de ses géniteurs.

En quelques heures le venin a pris ses quartiers d'hiver dans la tête et le corps d'Hélène.

Le baiser du père sur son front, c'est à peine si elle l'a senti.

— Dis donc, t'es vachement partie c'soir, toi! a sifflé Etienne en s'acquittant des vingt bonds réglementaires sur l'édredon de sa sœur avant d'aller se coucher.

La mère a fermé les volets, éteint le plafonnier. Seule la lumière du couloir éclaire le visage chagrin incliné sur l'enfant.

— Maman...

— Oui, ma chérie? (Le ton est à l'épanchement.)

– Maman... j'ai un drôle de truc sur les mains...

Hélène tend ses paumes vers le visage qu'elle sait interpréter dans la seconde et dans la seconde y lire des réponses qu'elle veut croire prophétiques.

– Je ne vois rien. Non, rien, je t'assure. Tu as mal?

Le visage est sincère, sincère de limpidité. Hélène n'y lit pas d'inquiétude.

Une réponse qui, comme la riposte de la fermière, devrait classer l'affaire.

Pour Hélène, elle commence.

Non, elle n'a pas mal. Elle préférerait avoir mal. Elle sent quelque chose qu'elle ne voit pas à moins qu'elle voie quelque chose qu'elle ne sent pas? Un truc, un drôle de truc. Pour rire, elle rit la mère d'Hélène! Il faut dire qu'elle est gâtée de ce point de vue. Sa fille est une source d'égaiement continu. L'attention disproportionnée que la fillette consacre à son corps lui fait inventer des situations à désarçonner le plus roué des psychologues.

L'humeur de ses parents conditionne quand même la créativité d'Hélène. L'enfant a conscience en général des limites qu'elle doit donner à ses trouvailles selon l'amusement ou l'agacement produit. Quant à Etienne – un inventif aussi, à sa manière – il s'est déclaré un inconditionnel et sacrifie, bon public, à toutes les fabulations de sa sœur pour la bonne raison qu'au moins, avec elle, on ne s'ennuie jamais.

Comment avertir sa mère, qui sort de la chambre en riant, que ce soir ce qui lui arrive est autrement plus grave?

La porte se referme.

Hélène est dans le noir.

Lorsque la maison s'endort, Hélène procède généralement à l'inspection de ses troupes, de ses bataillons de l'angoisse. La plus petite arme est vérifiée, le moindre uniforme au rapport. Elle surveille les manœuvres. Elle patrouille des heures, suit la progression des escadrons, affecte à des unités particulières, en ordre, chaque tracassin, chaque élément d'inquiétude surgis durant la journée. Tout en les revivant, elle les entretient, les administre en stratège.

La scène du chien va l'absorber une partie de la nuit. Jusqu'au matin elle fera défiler sa peur. Cette nuit-là, elle la mémorisera comme un 14 Juillet de l'effroi, débordé par des milices incontrôlables, des maquisards aux airs de bandits, pour en arriver à ce constat, cette sentence d'une inconvenance. A minuit l'inconvenance est devenue méfait, à deux heures, forfaiture. Le coup de grâce est tombé à l'aube quand un souvenir très ancien lui est revenu, celui de la Noiraude, la vache à veaux, saillie par le taureau dans le pré jouxtant la ferme, inerte, la croupe labourée par les sabots glissants et maladroits de son partenaire. Pour la centième fois, Hélène revoit sa menotte sur la patte de Floche, les griffes qui résistent à sa traction, image que brouille, la fatigue et la terreur aidant, celle de cette même menotte, matée, pour ne pas dire conquise et le « tu vas voir saligaud » et le carillon de la trayeuse, et le bruit du bâton sur l'échine hurlante.

Hélène aimerait casser le défilé des images. Elle

aimerait dormir. Elle ouvre les jambes, à tout
hasard, et elle pose un doigt sur un certain bourgeon qui n'éclôt jamais mais fait s'affoler des
multitudes d'étincelles contre une porte close qui
veut bien s'entrebâiller certains soirs en mouillant
sa chemise. Cette fois, pas d'étincelles. Hélène
pense que peut-être le bourgeon ne veut pas de sa
main, de cette main-là, ou que le froid de novembre, le froid de la ferme l'a glacé pour toujours. Il
ne lui reste plus qu'à emprisonner ses deux paumes
jointes entre ses deux cuisses bien serrées comme
pour se clore elle-même aux choses du bonheur.

À l'aube, c'est une autre personne qu'Hélène qui
cède au sommeil, poings serrés sur le tourment qui
ne se partage pas.

Hélène dort jusqu'à midi. Sa mère l'ayant
entendue s'agiter une partie de la nuit a interdit à
Etienne de réveiller sa sœur. Il joue aux osselets
contre la porte en y donnant de temps en temps
des coups de pied.

Hélène au réveil est particulièrement défaite.
Elle le devient davantage en buvant son bol de
chocolat chaud. Etienne a placé son jeu d'osselets
sur la table de la cuisine.

— Etienne... Je ne sens pas mon bol!

— Tu rigoles? Tu rigoles ou quoi? dit Etienne, si
tu l'tiens c'est qu'tu le sens. Lâche-le pour voir?

Hélène regarde son frère. Le bol s'écrase sur le
carrelage. Entre deux sanglots, à genoux sur la

serpillière, elle supplie sa mère de la croire. Elle ne
sentait pas son bol! Elle le voyait, elle le tenait
parce qu'elle le voyait, mais elle ne le sentait pas!
Un drôle de truc sur les mains, comme hier soir!

Etienne est ravi de l'aubaine. Décidément, on
peut faire confiance à Hélène pour occuper les
dimanches. Aussitôt il se met à enquêter afin
d'éprouver la nouvelle lubie de sa sœur, mais,
malgré les tests de l'aiguille, de l'allumette, du
canif, du verre pilé victorieusement passés sans
qu'elle ne trahisse la moindre souffrance, le garçon
continue de penser qu'il se trouve devant des actes
de pur héroïsme dont la fillette sort d'ailleurs à ses
yeux doublement grandie. Grâce à Etienne, le cap
du premier jour se passe dans une relative décence.
Par moments, dès que son frère s'éloigne, la scène
du chien la traverse : une douleur térébrante, un
assaut de pointes dans l'abîme du ventre, une
giclée de clous lancés avec violence qu'accompagnent, en vrac, des images : celle d'une bulle de
chewing-gum géante entre les cuisses écartées de la
Noiraude, de deux pattes qui battent l'air, la chute
d'un paquet déchiré sur la paille de l'étable.

Quant à l'altération du toucher, elle ne la subit
pas encore comme une infirmité; elle la découvre
ainsi qu'une étrangeté, une incohérence, en prome-
nant sur la surface des choses, de sa propre chair,
des doigts sans âme, objets parmi d'autres objets,
quignons de membres désolidarisés d'elle, engour-
dis d'un sommeil coriace mais qui ne saurait durer.
Pour le moment la peur qu'elle en éprouvait,
l'épouvante où elle a cantonné son contingent de
soldats et qu'elle ne peut même pas nommer, tout

au plus concevoir fragmentairement comme une expulsion, une expulsion animale, cette peur, cette épouvante reculent devant la curiosité.

En fin de journée, Hélène, après délibération, décide de joindre quand même la pierre d'argent à sa collection. Elle la récupère au fond de la poche du chandail dont elle s'efforce de ne pas remarquer les traces de boue à hauteur de la taille. Elle se retrouve avec le caillou dans la main sans avoir eu l'impression de le saisir. Elle le palpe, le fait rouler à nouveau d'une paume à l'autre. Elle perçoit son modelage, ses aspérités, mais comme si le regard la court-circuitait, la bloquait en chemin, cette perception ne parvient pas jusqu'à sa peau.

Se pourrait-il que ses trésors, elle ne puisse plus les serrer dans la coquille de sa main, leur insufflant l'énergie de sa chair en échange de l'empreinte aux magiques vertus, l'empreinte millénaire? Hélène déballe une à une les pierres du crépon; de ses mains aveugles les effleure. Quand toutes sont alignées sur l'étagère du grenier, elle recule pour les embrasser mieux, en saisir la totalité et fond en larmes.

De retour à Grenoble, il faudra plusieurs jours à la famille pour se convaincre qu'Hélène a perdu le sens du toucher. Il faudra l'épreuve du fer, le repassage du jeudi.

Hélène est sous la table. Entre les jambes de sa mère, à l'aide du pan de drap balayant le parquet qui la saoule autant de blancheur que d'odeurs de lessive, elle s'est installé une sorte de lit à baldaquin. En général, elle y rêvasse en suivant sur les chevilles de la repasseuse les stries, les veinules

bleutées qui vont se perdre dans la lanière des
sandales. Depuis samedi, la rêvasserie n'est plus de
mise. Toute errance se termine au même point de
cassure où l'épouvante se ressource, les soldats de
l'angoisse au garde-à-vous à attendre les ordres,
des ordres qui font mal.

Sur la lancée des expérimentations d'Etienne,
Hélène apprend son nouveau corps – celui qui ne
se touche pas – en essayant d'en tirer de l'amusement, scientifiquement. Elle a commencé par le
bas et elle en est au genou. Les pieds lui ont pris
du temps, le temps en particulier d'évaluer l'acuité
des orteils, dix doigts jusqu'ici sous-estimés et dont
elle se dit qu'ils pourraient bien, en certaines
circonstances, compenser le manque de mains.

Dès que ses mains s'interposent, le corps d'Hélène disparaît. Elles l'estompent par morceaux
identiques à l'espace qu'elles occupent sur la peau,
des masses fantômes et pourtant bien visibles.

Depuis l'affaire du bol, elle est très attentive à
coordonner ses gestes avec la perception visuelle
qu'elle en a. Elle n'est sûre d'eux que si elle les
surveille. Saisir un objet, le tenir dans ses mains ne
devient une réalité que si elle se voit en train de le
faire. Quand elle tourne la tête, elle n'est plus
certaine que l'objet ne lui a pas échappé. Cette
attention continuelle l'éprouve. Deux fois encore,
elle s'est plainte en haut lieu de ces étrangetés sans
obtenir mieux qu'une remontrance puis une câli-
nerie qui n'a fait qu'ajouter à sa solitude car,
pelotonnée contre la poitrine de sa mère, elle a été
frustrée du moelleux de sa peau, ses mains man-

chotes affolées comme des petites taupes sous
l'éblouissement du soleil.

– C'est moi qui repasse les mouchoirs!

Hélène tient le fer dans la main droite. De
l'autre elle vérifie sa chaleur.

L'odeur de chair calcinée, sa mère n'est pas
prête de l'oublier, ni la fumée, encore moins le
détachement de sa fille qui regarde sa main brûler,
collée contre le fer, avec le sérieux d'un rôtisseur
surveillant la cuisson de ses côtelettes.

Sans le cri de sa mère, Hélène aurait probablement laissé griller la paume entière de sa main.
L'épreuve du fer marque une étape dans la...
maladie d'Hélène. Plus exactement, c'est le
moment où elle y entre officiellement et – c'est le
bon côté des choses – où on l'en dépossède. D'autres qu'elle désormais vont prendre en charge son
cas, en référer à la médecine et même, secrètement
pour la mère, à la religion.

Bien qu'elle en supporte les inconvénients quoti-
diens, le désagrément infirmisant auxquels s'ajou-
tent les visites interminables chez les spécialistes
qu'elle a catalogués selon deux catégories : ceux
qui parlent beaucoup en jouant avec des tas
d'instruments et ceux qui ne disent pas un mot en
l'épiant des heures entières, Hélène est déjà soulagée d'une partie de ses préoccupations, la plus
anecdotique, certes, mais qui, restée dissimulée, eût
compliqué singulièrement la vie en famille. Et puis
toute cette attention focalisée sur elle n'est pas sans
lui déplaire, le pansement de la main gauche d'un
bel effet, l'attendrissement de sa mère, les précautions de son père, ma foi, gratifiants. Etienne,

visiblement déçu que sa sœur ne fût pas l'héroïne
souhaitée, a quand même rejoint le consensus des
protecteurs, à l'école notamment où Hélène est en
butte soit à des jalousies, soit à des rejets brutaux
pour cause de sorcellerie.

Voilà pour la partie visible de l'iceberg.

Pour le reste, le socle enfoui dans l'infamie, il en
va autrement. Loin de s'alléger, le secret profite,
gagnant en densité, en profondeur. Chaque jour
l'épisode de la ferme s'exacerbe. Chaque nuit
l'aggrave d'un fait nouveau. L'armée gagne du
terrain, les canons pointés vers la mauvaise conscience. Hélène vit sur une poudrière. Depuis hier,
elle s'est persuadée que Madame Blanchard n'en
resterait pas là, qu'elle téléphonerait à ses parents
pour « tout raconter ». Tout! mais tout quoi? Eh
bien tout : qu'Hélène ne s'est pas relevée. Oui,
c'est cela, qu'elle est restée accroupie, sans bouger,
dans le noir! Elle en arrive à bénir l'hiver qui
compromet les week-ends à Sariette.

Si le temps qui passe est dans le camp de
l'angoisse ce n'est pas uniquement parce que l'imagination y fourbit ses armes, c'est aussi qu'il représente en lui-même le péril.

Parmi les médecins de la seconde catégorie, ceux
qui ne disent pas un mot en l'épiant des heures
entières, Hélène en a déniché un à l'œil un peu
moins avide, plus souriant sans être mielleux pour
autant. A lui, elle a posé une question qu'heureusement il n'a pas eu la perfidie de creuser – à croire
que la bonhomie est incompatible avec le vampi-
risme, Hélène appelant « vampires » la majorité
des adultes, qui cherchent à s'emparer de force des

pensées des enfants, probablement parce qu'ils sont devenus incapables d'en trouver par eux-mêmes. A lui, donc, elle a demandé combien de temps « à peu près » durait la grossesse chez les chiens. Il ne savait pas trop :

— Un mois, un mois et demi, peut-être... pourquoi ?

— Pour rien...

La conversation s'est arrêtée là, au mur bétonné d'un mutisme de petite fille.

Rapide calcul d'Hélène : « Noël. Noël ou Jour de l'An ! Il ne manquait plus que cela ! » Le temps est péril. La seconde qui tend vers l'autre est péril.

Plus que jamais, il est hors de question qu'Hélène se rende seule au petit coin où, les jours d'intense complicité, le frère et la sœur se retrouvent, elle dans le rôle de la reine de Birmanie à la fière allure, perchée sur son trône, lui dans celui d'un saltimbanque de génie reçu dans les maisons princières du monde entier. La reine, les pieds entortillés dans sa petite culotte, assiste ainsi, aux premières loges, au spectacle toujours renouvelé de l'acteur du siècle, sublimé par le plouf d'une crotte qui déclenche de telles grimaces chez Etienne qu'Hélène s'étrangle de rire et qu'il doit la retenir pour qu'elle ne tombe pas dans la cuvette.

A présent Etienne est de corvée. De corvée parce que d'ordinaire, il ne l'accompagne que s'il a « l'inspiration », comme il dit avec grandiloquence pour qualifier ses improvisations à plusieurs personnages ; cette fois, inspiration ou non, il devra laisser la porte grande ouverte et jouer ses saynètes,

sans tenir compte des « absences » de la sœurette
pendant qu'il se décarcasse à la distraire, la
balayette à la main.

Hélène « s'en va » beaucoup depuis quelque
temps : « trop », constate le frère, même au petit
coin, surtout au petit coin. Elle y reste des demi-
heures, au point qu'il en exaspère son imagination.
Ce matin, après avoir poussé pendant un quart
d'heure en gémissant, elle a dit à Etienne, à court
d'idées, qu'il pouvait se dispenser de jouer, qu'elle
voulait seulement qu'il demeure à ses côtés. A
plusieurs reprises, elle a inspecté la lunette, entre
ses cuisses, comme si elle cherchait quelque
chose.

Etienne s'attend à une lubie nouvelle de sa sœur.
Il est loin de se douter de ce qu'elle endure. A
l'approche des fêtes de Noël, période qu'habituellement Hélène occupe à préparer des surprises et à
décorer la maison où les guirlandes prolifèrent
comme une forêt vierge la rendant vite impratica-
ble, l'humeur d'Hélène prend un tour dramatique.
Elle reste en prostration, les mains sur le ventre.
Jour après jour elle traîne son corps frêle avec des
gestes de nageur qui se battrait contre un fleuve de
boue. Quand ses yeux secs vous regardent, ils
paraissent pleurer vers l'intérieur des larmes de
recluse.

Le manège du petit coin commence à lasser
Etienne. Maintenant il assiste Hélène en prenant
de la lecture ou ses osselets. Elle gémit de plus en
plus fort et quand elle scrute entre ses cuisses,
l'émail de la cuvette n'est rien comparé à la pâleur
de son front. La nuit, elle écoute son corps. Ses

mains mortes errent sans conscience, détachées des
poignets, glissantes des pleurs qu'elle ne sent même
pas couler. A coups réguliers, des pointes viennent
cogner à la paroi de son ventre. Elles font cause
commune avec les baïonnettes des soldats de l'angoisse dont certains tirent déjà des salves de dissua-
sion.

Péril est le temps.

La double clique des médecins s'empresse inutilement. Les potions s'accumulent sur la table de
chevet, les cierges sur l'autel de la Vierge Marie.

Le Jour de l'An s'inscrira dans les annales
familiales. Hélène ne peut pas se lever. Entre deux
sommeils hypnotiques, elle hurle. Son ventre la fait
tant souffrir qu'on songe à une appendicite.

Dans la nuit, sa mère l'aide à s'asseoir sur le
bord du lit. Hélène réclame son frère qu'on
réveille. Appuyée contre lui, elle marche jusqu'aux
toilettes. Est-ce l'effet des médicaments, d'une soudaine sérénité? Elle ne souffre plus ni dans son
corps, ni dans sa tête. Elle ne sent plus ni la giclée
de clous ni le tir continu des artilleurs. Elle ouvre
elle-même la porte, se détache d'Etienne, considère
avec tendresse son petit monde au complet :
l'anxiété de sa mère, la contrariété du père qui
accourt, l'ébahissement du frère, puis s'enferme à
double tour.

— Hélène! ça va bien, ma chérie?

— ...

— Hélène! Voyons! Réponds quand on te
parle!

— ...

– Hélène, t'es partie? J'peux t'jouer « le chat cul-de-jatte » si tu veux, hein?

– ...

Au bout de dix minutes, la chasse d'eau rompt le silence. Le loquet bouge. Hélène ouvre la porte. Elle a repris des couleurs. Un sourire l'éclaire.

Le lendemain, personne ne comprend pourquoi Floche monopolise la conversation d'Hélène.

– Mais qui est ce Floche? a demandé le père.

– Le chien des Sariettes, a répondu Etienne.


Entre le sourire de la fillette à la main bandée et celui de la fiancée, la même main nouée à celle de Jacques Fortunel, quatorze ans ont passé. Quatorze ans où quelque chose d'Hélène est resté inchangé : Hélène se marie sans avoir retrouvé la sensibilité de ses mains.

Dire qu'elle en souffre ne serait pas honnête. La période de désarroi passée, elle a simplement cessé de s'en préoccuper, s'adaptant plutôt bien à ce handicap que les autres paradoxalement continuent de considérer comme préjudiciable. Ses pieds, ses genoux, sa bouche, chaque pouce de son corps sont capables à tout instant de la secourir et quand on s'apitoie, elle prétend avec humeur qu'elle n'a jamais mieux touché que depuis qu'elle en est privée. Les mains satisfont parfaitement Hélène en tant qu'outils.

Ceux qui n'ont pas vécu dans leur chair l'épreuve d'une séparation ne peuvent le comprendre. Accomplir le deuil d'une partie de son corps c'est comme faire le deuil d'un être dont le départ soudain vous laisse en état d'infirmité. Lorsque la volonté de vie, la volonté de jouissance sont intactes, y compris chez une petite personne aussi fragile qu'Hélène, et peut-être a fortiori chez elle, elles se chargent d'enseigner l'art de la compensation, non pas en vue de remplacer mais pour rendre grâce aux dieux du cadeau d'exister encore si bellement, en reconnaissance.

C'est à sa bouche qu'Hélène offre de monter en chaire et de délivrer le savoir. En l'absence des mains, c'est elle qui module le sens ainsi dévié du toucher. Les lèvres jouent la même partition que les doigts, les paumes. La musique en est la même, sur d'autres instruments, une musique peut-être plus harmonieuse encore, comme si l'effort la magnifiait.

Hélène proclame la bouche éclaireur, messager. Devançant tout son être, lèvres tendues vers le chaud et le froid, le lisse et le rugueux, la bouche devient experte à déceler le délice d'un contact ou le danger d'une approche. Le toucher s'accouple ainsi au goût d'Hélène pour les choses, car les palper de ses lèvres c'est aussi en avoir la saveur, entrer dans un univers double de la sensation. Cependant malgré sa sérénité retrouvée – impression qui ne va pas sans mépris affiché pour les gens dits normaux qui l'entourent – on s'acharne à la vouloir guérir.

Jusqu'à l'adolescence, la ronde des médecins a continué, d'abord endiablée puis plus tempérée. Hélène a donné le coup d'arrêt le jour de ses quinze ans, jugeant que sa générosité a suffisam-

ment duré et qu'elle ne va pas toute sa vie offrir en
pâture ce qu'elle a de plus précieux : son intimité.
Elle reconnaît par ailleurs son manque de coopéra-
tion, sa mauvaise foi même qui lui ont permis,
après des années d'entretiens, d'oblitérer la scène
du chien, de la garder pour elle aussi jalousement
que ses pierres qui sont toujours sur l'étagère du
grenier. A la fin, l'oblitération forcée a eu raison
du souvenir d'Hélène. La volonté de taire s'est
retournée contre sa propre mémoire. Le drame
Floche a rejoint les limbes jusqu'aux régions de
l'oubli voisines de l'amnésie.

En ce qui concerne ses lubies, terreurs et autres
égarements, elle a bien avancé. Elle se laisse rare-
ment déborder. Elle dirige ses troupes mieux que
jamais. Quand elles lui échappent, elle a trouvé la
méthode infaillible pour les arrêter : l'extermination. L'extermination sans détour. Elle incendie,
elle affame, tire au canon, détruisant massivement.
Le problème avec cette technique est qu'il n'y a
pas de quartier : tout y passe, aussi bien les effrois
superflus que les douces pleuraisons de l'émotion.
Le nettoyage par le vide...

La « fragile » Hélène se comporte désormais en
tyran de l'âme, une âme qui finit par ressembler à
une terre brûlée où rien n'a le temps de repousser,
pas plus le blé que l'ivraie, où le printemps ne
s'aventure pas, une âme en conformité avec la
peau de ses mains, en jachère.

Les soldats ont fui à la longue ces territoires
inhospitaliers. Des maraudeurs s'y hasardent parfois, à leurs risques et périls.

Hélène ne « s'en va » plus.

A Etienne, encore très attaché à l'enfance et à ses rituels et qui lui en a fait un jour la remarque, elle a répondu sèchement que le passé est le passé; suivaient des considérations morales sur l'état d'adulte qui ont confondu le frère. Sa sœur est-elle devenue stupide, prématurément desséchée? Etienne prend ses distances, ne la voyant guère qu'aux fêtes familiales lorsque ses études de médecine entreprises à Montpellier lui en donnent le loisir...

De l'extérieur, on est en droit de s'interroger à propos de l'attirance qu'a bien pu exercer une femme tellement définitive, cette walkyrie de l'émoi, sur un être aussi délicat que Jacques dont le passe-temps semble l'analyse de son entourage, de ses proches, avec un raffinement de critique littéraire qui n'aurait jamais eu besoin de la lecture et feuilletterait les individus comme les pages d'un roman.

Dans sa menuiserie de la banlieue de Grenoble où il est son propre patron, Jacques Fortunel, les pieds au milieu des copeaux, les narines pleines de sève, caresse la chair du bois en déchiffrant à livre ouvert le cœur des gens.

C'est en feuilletant Hélène qu'il s'est pris d'amour, en en tournant les pages qu'il a pu la découvrir, entre les lignes.

Au texte vivant d'Hélène, en apparence si grossièrement ficelé, il pourrait, après trois mois de convolage, annexer des monceaux de notes, en faire une pléiade; de tous les êtres qu'il a connus, sa femme représente sa plus fondamentale lecture. Hélène est pour Jacques le livre de chevet. Mais au

premier baiser (où Hélène met une attention presque méfiante qu'il ne comprendra que plus tard,
en la voyant vivre, bouche en avant, bouche aux
aguets), ce sont les mains de la jeune fille – plus
nues que toutes les mains puisque réduites au
dépouillement absolu qu'est l'absence de présence
– se tendant vers lui en un geste archétypal
d'amour, oui, ce sont ces mains qui ont écrit dans
l'espace pour Jacques des mots qui ne lassent
pas.

Au premier baiser, il est entendu que l'échange
amoureux va s'épanouir en ce lieu, au point de
rencontre de leurs paumes car de toutes les mains,
celles de Jacques sont les plus riches. Elles vivent
grâce au faste de sensations démultipliées par
l'expérience d'un long travail du bois. Loin de le
décourager, l'infirmité d'Hélène tient lieu d'exaltation.

Petit à petit, Hélène entre dans l'atelier. Elle
contemple les mains de son compagnon. Des mains
trop expertes pour n'être pas animées d'une pensée
propre, des mains qui n'obéissent à aucun ordre si
ce n'est celui de l'instinct où copulent l'art et le
savoir. Petit à petit, Hélène s'approche de son
époux et pose sa main morte sur la main vivante
qui palpe le bois. Elle voit sa main morte onduler
sur la gouge, se cabrer sur la scie, osciller sur le
polissoir car chaque mouvement de la main de
Jacques s'insuffle à la sienne.

Puis il change la posture : la main d'Hélène
entre le bois et lui, et les mêmes gestes reprennent.
Plaquée contre la peau de la jeune femme, la
paume de Jacques pénètre Hélène par le dos de la

main. De l'extrémité des doigts jusqu'au poignet, ils sont accouplés, les pieds au milieu des copeaux, les narines pleines de sève.

Hélène ne sent rien et pourtant elle sent tout.

Au lit, les époux réitèrent les ferveurs de l'atelier.

Petit à petit, Hélène caresse le corps de Jacques comme l'écorce d'un hêtre ou la moelle d'un merisier.

Petit à petit elle se caresse elle-même.

Elle peut toucher ce corps devenu tulipier ou érable sycomore et même, du bout de son doigt éteint, le bourgeon refroidi longtemps fâché qui voudrait bien ne plus l'être.

Ils appellent cela « faire la planche ».

L'intimité de ces jeux tendres du bois a fini par réconcilier Hélène avec la partie tronquée que sont ses mains. Bien que sa bouche tienne encore les rênes du corps, bien qu'Hélène continue par réflexe d'y privilégier ses repères, les mains cessent d'être des outils faits de chair impavide. Sans qu'elles soient pour autant sensibles, celles-ci sont désormais rattachées au reste du corps. Elles y participent, à leur façon. Elles cessent de pendre inutilement ainsi que l'extrémité gelée de certains arbres dont la noirceur et la nudité tranchent sur l'épaisseur feuillue du cœur, où les oiseaux eux-mêmes hésitent à se poser comme s'ils en mesuraient l'incongruité, comme s'ils craignaient la mort, par contagion. Lorsqu'elles se mettent à pendre à nouveau pour quelque raison encore mystérieuse, Jacques se précipite pour les prendre dans les siennes et l'odeur de la résine ou de la sciure de l'atelier leur redonne une raison d'être.

L'unité retrouvée de son corps a sans doute permis qu'Hélène s'ouvre aux pages que Jacques s'impatientait de lire. Le côté tranchant de sa femme, ses jugements à l'emporte-pièce ne résistent plus au lien de leurs mains. La brutalité d'Hélène, Jacques n'y croit pas. Comment croire à un rejet si excessif de l'émotivité quand l'émotion peut surgir de deux membres aussi infirmes?

A force de lectures et de relectures, Jacques en arrive à se demander comment Hélène a bien pu se fabriquer une avarice aussi farouche en matière de sentiments. Parfois il soupçonne l'insensibilité des mains d'être la source cachée où s'abreuve son inaptitude à l'émotion, et peut-être est-ce la raison inconsciente qui le pousse à y consacrer toute son énergie amoureuse.

Quant à Hélène, elle le voit venir son Jacques. Elle n'est pas dupe de ses efforts. Mais l'agacement qu'elle devrait en éprouver se dérobe car Jacques a le don démoniaque (ou divin?) de la harponner à l'endroit de son corps qui rend impossible toute échappatoire. Alors, ainsi ferrée, elle fait des bonds de poisson au fond de la barque, les ouïes affolées, puis, après deux ou trois sursauts se laisse mettre dans la nasse, soulagée de n'avoir plus à lutter, pour ne pas dire heureuse. Jacques la vainc doublement par habileté et par amour.

Par habileté de la main droite, par amour de la main gauche.

On peut dire que Jacques est allé repêcher Hélène des grandes profondeurs où peu d'hommes auraient plongé en dehors de lui. Il en reçoit la récompense qu'il en attendait. Hélène ne se contente plus de se laisser prendre; bientôt elle finit par se laisser vivre. Elle surveille encore l'ennemi mais distraitement.

Elle oublie où elle a entreposé ses munitions ou, plus grave encore, les raisons qu'elle aurait de poursuivre l'extermination.

Un, deux, des dizaines de soldats loqueteux sont revenus occuper ces bases à l'abandon où l'affectivité fertile d'Hélène avait autrefois sa garnison. Ils relèvent les ruines, aménagent des coins de baraquement : des enfants qui joueraient à la guerre, assez agréablement surpris qu'on les tolère mais prêts à filer à la première anicroche.

A leur présence puérile, informelle, Hélène doit ce regain d'émotion qui la surprend elle-même. La semaine dernière, elle a pleuré en trouvant sur la table de la cuisine un bouquet de boutons d'or dans un vieux pot à moutarde et le même jour, avant le déjeuner, elle s'est ruée dans l'atelier persuadée d'y retrouver Jacques ensanglanté parmi les copeaux, le bras arraché pendant comme un jambon le long de la scie électrique.

Etienne présent, il n'hésiterait pas sur le diagnostic : Hélène « s'en va » à nouveau...

Jacques est aux anges. Il prospecte les éclats, les fissures dans le bois de sa très compacte épouse. Ils l'attendrissent autant que les défauts d'une bûche, ces nœuds, ces frottures qu'il chatouille, avant d'y mettre son entailloir.

Et puis, c'est alors, alors que cela s'est produit.

Le matin du 12 mai, Hélène grimace en buvant

son café. Elle prétend qu'il est trop fort puis trop chaud, trop sucré, enfin qu'elle préférerait du thé!

Jacques pose la bouilloire sur le feu, embrasse la capricieuse sur le front et rejoint l'atelier.

Dix minutes plus tard, c'est un spectre qui vient vers lui. Hélène ne marche pas : elle flotte, son tronc incliné sous la poussée d'un vent à faire gémir le bois; elle tend vers Jacques la branche bruissante de son bras gauche. La main, à l'extrémité, trace des cercles extravagants, des ronds aussi ronds que ses yeux condamnés à la fixité de la surprise. Jacques, qui sait lire les arbres encore mieux que les hommes, comprend l'appel de celui-ci, le plus cher à son cœur. Il ouvre les bras. Le tronc d'Hélène y achève sa course.

– Jacques!... Jacques, je crois que je me suis brûlée à la bouilloire...

Il saisit la main de la jeune femme, l'examine. Sur l'index, le doigt qui montre, le doigt qui désigne et qui parfois condamne, Jacques trouve en effet une marque rouge.

– C'est là, là que tu as mal?

Il touche la brûlure.

– Oui, il me semble... Je ne suis pas sûre...

Hélène s'est retournée. Elle vomit le thé, le café, sur les copeaux blonds qui ressemblent à des boucles de poupons tondus par un coiffeur fou. Elle vomit la bile, la bile du bras de Jacques arraché, la bile de ses quinze ans, la bile de toute une jeunesse gavée d'anxiété. Elle vomit des bataillons de soldats, des chars et des canons, des uniformes usés aux genoux et aux coudes, des ceintures de cuir noircies de sueur. Elle vomit les pots de lait tièdes rapportés des Sariettes. Elle vomit la ferme des Blanchard plongée dans le crépuscule et les cuisses écartées de la Noiraude d'où tombe un paquet gluant et ses cuisses à elle crispées à la cuvette d'émail d'où rien, rien ne veut tomber. Elle vomit une langue. Deux pattes. Une odeur de linge mouillé...

Depuis le 12 mai, Hélène attend l'enfant.

Elle l'attend d'abord du bout de l'index où une cloque s'est formée, une poche remplie d'une eau qui en se vidant va libérer la chair rosée d'un doigt nouveau, si prompt à toucher, à sentir qu'il sert de repère à la main entière.

Limitée les premières semaines à cet échantillon de chair, la sensibilité d'Hélène au toucher va croître à mesure que croîtra l'enfant. La peau neuve des mains répercute en écho le développement de l'embryon.

D'autres parcelles vont s'ajouter ici et là comme les fragments égarés d'un visage qui se chercheraient entre eux sur l'étendue des paumes pour se composer une expression.

Maintenant, le toucher d'Hélène se circonscrit au centimètre près. Les pans importants de ses mains encore endormis lui paraissent encore plus invalides depuis qu'ils voisinent avec des morceaux extraordinairement perspicaces dans leur réceptivité retrouvée.

Jacques compare les mains d'Hélène à une carte de géographie. Il y promène les siennes en longeant les côtes anesthésiées des océans, en dessinant les émergences survoltées des territoires revenus à

la vie, puis il descend sur la mappemonde du
ventre où il suit les mouvements éruptifs d'une
autre présence secrète, incontrôlable. Il délaisse
l'atelier, consacrant des heures au corps d'Hélène.
« Faire la planche » le bouleverse plus que la
matière pourtant vivante du hêtre ou du micocou-
lier. Chaque jour qui passe change les règles du jeu
puisque chaque jour qui passe invente de nouvelles
frontières sur la peau de l'aimée.

Hélène n'a guère l'esprit de s'adonner à la
rigueur ou aux mauvaises consciences de sa sensi-
blerie. Elle est la première sollicitée par la métamorphose de son corps et particulièrement de ses
mains. Son état affectif ne la préoccupe pas. Pour
le moment. Pour le moment l'intéresse, la captive,
la mutation physique. Elle refait, en sens inverse, le
trajet parcouru quatorze ans auparavant, sidérée
d'accéder, à reculons, à des sensations aussi
immuables que celles éprouvées alors, le temps
n'ayant rien altéré de leur précision et de toutes les
autres impressions qui les accompagnèrent.

Peu à peu, par le biais des mains, se juxtapose
au corps de la femme celui de la petite fille. Ce
sont ces deux corps qui se touchent maintenant par
le toucher des paumes, eux qui se frôlent et
s'espèrent.

Les semaines passent. La petite Hélène attend
qu'Hélène la grande la rejoigne.

Jacques est de moins en moins convié à faire la
planche, puis plus du tout. Bien que son amour et
sa curiosité en souffrent, il respecte cet éloigne-
ment.

Hélène fait la planche en solitaire.

Elle poursuit seule l'examen géographique de ses
sensations. Après des tentatives infructueuses, un
soir du sixième mois, le doigt neuf, en s'attardant
sur l'intime bourgeon, déclenche une pluie d'étincelles à se noyer de douceur, la douceur d'un lit
d'enfant de sept ans. A partir de ce moment, de ce
signal, tout se met à aller très vite, et l'effet
montgolfière de la mappemonde et le progrès du
toucher sur les mains de la future mère. Hélène ne
sait plus où donner de la tête. Elle aspire à
davantage de lenteur, même si la métamorphose la
remplit d'une joie presque abstraite à force d'intensité.

C'est à cette époque aussi qu'elle tombe dans la
manie du repassage. A Jacques qui l'interroge, elle
ne peut donner aucune explication à cette marotte
domestique, si ce n'est qu'elle éprouve une volupté
particulière à tenir un fer chaud à la main, à en
redouter à nouveau la brûlure. Les piles de linge
envahissent la salle à manger. Hélène rafle tout ce
qui lui tombe sous la main, y compris les rideaux,
les doubles rideaux qu'elle décroche au risque de se
rompre le cou. Quand elle ne trouve plus rien, elle
relave du linge déjà plié dans les armoires.

Jacques cache ses chemises. Un jour, on la
surprendra en train de repasser la serpillière et il
faut mettre le holà.

Jacques suggère à sa femme de se reposer le
huitième mois aux Sariettes, en compagnie de sa
mère. Le père reste à Grenoble : pour lui, tout
cela, « c'est des histoires de femmes ».

Le maternage aidant, Hélène s'accorde un répit
de courte durée. La montagne la distrait de ses

obnubilations anatomiques. Mais, comme lassée du
repos, comme si sa tête devait s'étourdir à tout
prix, une autre toquade survient. La jeune femme
est prise de déambulation. Pas n'importe quelle
déambulation. Sa marche ressemble à celle d'une
aveugle. Elle parcourt la maison entière, les mains
en avant, tâtant la surface des meubles, des tentu-
res, les bibelots, les poignées de portes. Elle veut
refaire siens, prétend-elle, ces objets qu'elle « per-
dit » autrefois. La mère comprendrait la légitimité
de ce désir s'il ne prenait pas la tournure, qu'elle
reconnaît trop bien, de l'idée fixe car Hélène se
relève la nuit pour ce dialogue muet avec les
choses.

La grande Hélène appelle sous ses doigts la
petite Hélène. Attendri dans un premier temps,
l'appel devient pressant. Il s'y met de l'urgence et
bientôt de la menace. Au lieu de la réjouir, le
progrès des sensations sur ses paumes lui suggère
cette fois l'avancée d'une armée ennemie.

Au lieu de s'abandonner à l'allégresse, Hélène a
l'impression de se rendre, centimètre après centimètre, d'être à la merci d'un envahisseur, de se
soumettre, en vaincue, à une loi qui ressemble
davantage à une fatalité dont le sens lui échappe,
qu'à une fête, une réjouissance. Chaque pouce de
peau gagné est un pas périlleux. D'ailleurs, les
bataillons improvisés – toujours, toujours eux – se
reprennent au sérieux. Ils donnent du clairon,
lèvent le drapeau. Leurs airs d'enfants joueurs? ils
sont loin : une visière masque leurs visages. Hélène
ignore qui ils sont, pour quelle cause ils combat-
tent. Elle-même se le dit sans y pouvoir rien, les

pensées lourdes d'un ventre qui déteint sur tout.
Autour de sa « guérison », sur la joie d'être mère,
Hélène se met à tisser un voile de contrariété aux
couleurs de l'étendard de cette armée occulte qui
lui échappe gravement puisque pour la première
fois de sa vie les protagonistes et l'enjeu même de
la bataille lui sont inconnus.

Hélène « s'en va », sans savoir où.

Hélène s'en va sans savoir pourquoi.

Depuis qu'elle est dans cette maison, Etienne lui
manque. Derrière chaque objet recouvré, elle voit
son minois railleur. Elle s'enferme de très longs
moments aux toilettes parfois jusqu'à ce que sa
mère vienne la chercher. Au-delà de la plénitude
des cuisses en partie dissimulées sous le ventre, elle
contemple des jambes fluettes d'enfant, une culotte
entortillée de rire. Si elle le pouvait elle se penche-
rait pour entendre le plouf.

Hélène attend le lever du rideau, les trois coups
de la balayette sur la porte. La nuit passée, elle a
rêvé du chat cul-de-jatte. Etienne n'en reviendra
pas de trouver dans son courrier une carte de sa
sœur représentant un matou dont elle a caché les
pattes par ces mots : « Au roi des saltimbanques.
Signé : la reine de Birmanie ».

Jacques, au contraire, se dissout. Si l'enfant
qu'elle porte ne la rappelait à l'ordre par quelques
coups de talons éloquents, Hélène finirait par se
croire engrossée de chagrin, grosse d'appréhension
et de rien d'autre. Un matin, Hélène se transporte
jusqu'au grenier. Elle va droit à l'étagère. Assise en
tailleur, sa mappemonde posée sur le plancher, elle
défait les paquets. Sa gorge se noue. Elle caresse

longuement les pierres de sa collection, les passe
d'une paume à l'autre. Elle salue crêtes, rondeurs,
saillies, de ses mains presque vierges. L'aspérité des
roches laboure sa chair gourmande où subsistent
toujours d'irréductibles zones d'absence. Elle les
serre à se blesser. Les égratignures ravivent son
ancienne passion. A chaque pierre elle dédie un
espace neuf de sa peau. Un paquet plus grossier
attire soudain son regard. Il est fabriqué avec du
papier journal, maladroitement. Elle en sort une
pierre aux reflets argentés.

En fait, il s'agit d'un vulgaire caillou. Hélène se
demande comment il se trouve là parmi des roches
précieuses et plus encore ce qui le rend si familier
alors qu'il lui semble ne l'avoir jamais vu et encore
moins conservé. Elle pense à une plaisanterie
d'Etienne qui connaissait sa cachette.

Hélène est à tel point livide en redescendant du
grenier que sa mère croit à un malaise. La nuit
suivante, la jeune femme, sans discontinuer, sanglote pendant son sommeil. On prie Jacques de la
reconduire à Grenoble, plus près des médecins.

Jusqu'à l'accouchement, trois semaines plus
tard, les pleurs nocturnes ne cesseront pas. Au
réveil, elle ne garde aucun souvenir des larmes qui
gonflent encore ses yeux.

Hélène dort le poing droit serré. On le dirait
accroché à quelque chose. La main gauche, posée
à plat, balaye à maintes reprises le drap d'un coup
sec comme pour chasser un insecte ou simplement
une mauvaise pensée et les sanglots commencent.
Ils peuvent durer des heures. Jacques en glissant sa
main sur la main gauche d'Hélène parvient à les

atténuer sans cependant les arrêter. Les sanglots
paraissent soumis à leur propre histoire. Ils suivent
un processus contre lequel la tendresse mesure son
impuissance.

Une nuit, Jacques, à bout de nerfs, à bout
d'amour, s'est mis à pleurer lui-même. Aussitôt elle
s'est redressée et, inconsciente des larmes qui bai-
gnaient son visage à elle, Hélène a demandé à
Jacques ce qui pouvait bien le faire pleurer ainsi,
sur le ton de l'agacement le plus total, le plus
injuste.

Semblables à des plongeurs qu'un courant marin
colle l'un à l'autre et qui d'un mouvement lent,
chorégraphique, souffletés par les algues, luttent au
corps à corps, leurs membres s'emmêlant au point
qu'on ne sait plus bien s'ils veulent rester unis ou se
quitter, les Hélènes se trouvent finalement au
creux d'une mer de larmes.

Sur fond de désolation, elles coïncident.

Jacques, qui n'aperçoit que la grande, ne comprend rien à cette turbulence aquatique; pour lui,
Hélène se bat ou s'ébat avec du vide, repoussant
ou enlaçant un être connu d'elle seule, un fantôme.
Il n'a plus qu'à ajouter en effet ses propres larmes
à cet océan de détresse.

Son atelier ressemble à une épave, tout son bois
à la dérive. Les boucles de copeaux, après avoir
flotté en se cramponnant de leur mieux, ont fini
par s'abîmer, se noyer jusqu'à la dernière poussière
de sciure. Hélène patauge dans cette mélasse.
L'humidité a eu raison de la résine et de la sève
tièdes. Le livre d'Hélène lui-même commence à
moisir, certaines pages illisibles. Une odeur de

croupi flotte sur la maison. Une odeur de linge sale mouillé.

C'est alors, alors que c'est arrivé.

Au soir d'une journée d'automne, à l'heure où les vaches rentrent à l'étable pour la traite, Hélène, allongée sur le divan du salon les yeux dans le vague, se met à pleurer là où on ne pleure pas, sauf de douceur quand la multitude d'étincelles cognent très fort à certaine cloison. Sous l'ample robe, ses cuisses dégoulinent d'une eau légèrement poisseuse...

Le lit sur lequel on l'a hissée n'est pas un véritable lit : plutôt une sorte de table à repasser. « Il n'y manque que le fer », dit-elle à la sage-femme, sans savoir... Le molleton blanc plastifié colle à la peau. D'ailleurs on dirait que la pièce entière est tapissée de ce même molleton. Hélène ignore encore qu'il est conçu pour étouffer les bruits, étouffer les cris.

La nuit passant, puis la journée suivante, entre des fulgurances de plus en plus proches, à la limite de la déraison, le molleton prolifère comme un lichen qui ne se nourrirait que de la douleur humaine. Il l'absorbe et la vomit en grosses masses ouateuses qui réduisent l'espace, s'agglutinent autour de la table pour éponger sur la peau d'Hélène les filets de sueur au goût faisandé de souffrance. Au centre de cette blancheur coton-neuse, la future mère sent qu'elle s'incendie. Une giclée de clous venue de très loin, du fond de la conscience et des entrailles mêlées, s'embrase. Un chalumeau cuit son sang dans son propre jus. Sur la table à repasser, branchée à un fil qui ordonne

la torture de feu, Hélène est devenue un fer. Un fer
chauffé à blanc. Elle espère qu'une main amie va
arracher le fil. Elle songe aussi à se laisser tomber
sous la table dans un pan du molleton, à se
réfugier entre certaines chevilles aux paisibles vei-
nes bleutées qui courent sous des lanières de sandales, ruisselets d'eau frais.

Longtemps, longtemps après que le lichen l'a
engloutie à son tour, puis recrachée, l'emmaillo-
tant comme une chrysalide afin d'étouffer le supplice, Hélène, bras repliés sur la poitrine, cuisses
relevées, engluées au buste, ouvre ses yeux voilés
du tulle léger de la folie : Jacques enjambe les flots
de molleton qui le séparent du cocon où sa femme
accomplit la métamorphose. Derrière le voile,
Hélène voit briller la lumineuse bonté de l'homme
inspiré par l'amour. Le tulle de son propre regard
s'accroche à cette lumière, de toutes ses fibres. Le
voile s'écarte.

Pour Jacques le livre d'Hélène s'ouvre aujourd'hui en plein milieu. La reliure a la couleur
ambrée du sexe écartelé, du sexe poussé à bout.
Les pages blanches des cuisses attendent qu'un
nom s'inscrive, le nom d'un enfant né. Jacques
apprend à lire, comme au premier jour, sur ce
papier vierge.

On a redressé le buste d'Hélène afin qu'elle
puisse se voir dans le miroir fixé à la porte juste
face à elle, mais dès qu'elle quitte le rai d'amour
de Jacques, le tulle tombe à nouveau devant ses
yeux, elle ne reconnaît rien de ce qu'elle aperçoit.
Elle redoute une rencontre fortuite.

Ensuite, elle n'a plus le choix car les ordres pleuvent : les ordres des femmes en blanc molleton-nées des pieds à la tête, les ordres de son propre corps qui cherche la délivrance. Elle obéit à tous sans s'en rendre compte. Elle entend respirer sans savoir que c'est elle; parler, appeler sans savoir que c'est elle qui respire, parle, appelle.

On lui dit : « Haletez, faites le chien! » alors elle halète. Trop de tensions, trop de mouvements autour d'elle, en elle, alors qu'elle n'aspire qu'à se soulager exactement comme ce jour où Etienne, subjugué par un Meccano neuf, n'a pas daigné l'accompagner en dépit de l'envie pressante et qu'Hélène sautait d'un pied sur l'autre en récla-mant son spectacle, déchirée entre le besoin sau-vage du corps et l'effroi de se laisser aller sur place, en souillant la culotte qu'il faudrait ensuite cacher, jusqu'à la prochaine lessive, sous le matelas du lit de sa poupée.

Hélène veut se défaire du paquet. Il la pousse contre le miroir à coups de pieds, à coups de poings. Elle doit s'en défaire. Les ordres pleuvent et cinglent son ventre contorsionné.

Elle doit s'en défaire pour que cessent de rouler de ses flancs, depuis la crête aiguë de la douleur, des vagues devenues démentes qui viennent cogner à cette même porte, la porte aux étincelles prête à exploser maintenant d'un poids, d'une force trop vive.

Hélène halète.

Hélène fait le chien. Elle le doit pour le rai d'amour penché vers elle, vers le livre ouvert en attente du nom.

Mais à qui dire? A qui dire qu'elle a peur?

Les cuisses rondes dans le miroir se crispent de cette peur tandis qu'Hélène, d'envie pressante, fait le chien.

Le halètement a un goût déplaisant, le goût d'une mauvaise odeur. Hélène lève les yeux, la lumière tient bon : une perche faite de métaux presque irréels. Rester, rester le plus possible attachée à ce regard de Jacques.

Le paquet ne roule même plus : l'espace lui manque à lui aussi.

Peut-être halète-t-il également du besoin de sortir?

La seconde qui tend vers l'autre est soulagement. – Non, la seconde qui tend vers l'autre est péril!

Des siècles, des millénaires d'enfantement pèsent contre la porte. Cependant elle n'explose pas. Elle s'efface comme par sagesse, comme on s'efface devant les évidences suprêmes : celle de la vie. Celle de la mort.

– Madame, la tête vient, courage!

La tête?

La lumière faiblirait-elle?

– C'est Hélène qui faiblit ou bien le crépuscule qui descend à nouveau à l'heure où les vaches rentrent pour la traite, Noiraude en tête, sa panse lourde d'un veau à venir.

La tête!

A la charnière du livre, les cuisses s'écartent davantage, elles aussi s'effaçant devant l'évidence suprême, celle de la vie.

Hélène sent plus qu'elle ne voit, puis voit plus

qu'elle ne sent la forme bombée, grandissante, poussée par un duvet noir. Hélène halète.

Un duvet noir?

La seconde qui tend vers l'autre est péril.

La forme bombée progresse au rythme de l'affolement.

« Haletez, madame, faites le petit chien! »

Pourquoi le chien? Pourquoi pas n'importe quel autre animal?

La peur d'Hélène a la taille exacte de cette tête en mouvement.

Le rai, la perche de lumière sont à sa portée. Il faudrait s'en saisir pour franchir l'infamie d'une telle peur, sauter les secondes au-delà du péril, d'un dernier coup de reins. Mais les reins freinent l'élan. Hélène les sent retenus de chaque côté de la taille.

Hélène a soif. Elle aimerait boire du lait, le lait tiède tout juste sorti de l'étable.

Elle voudrait surtout dégager sa taille pour le dernier coup de reins, comprendre ce qui l'en empêche.

Alors elle regarde.

Contre sa peau nue, cyanosée par l'effort, deux pattes se cramponnent à chacune de ses hanches, griffes déployées.

Sur la poitrine de la sage-femme, une épingle à nourrice dorée brille. Hélène en aurait besoin pour fermer sa jupe en lainage un peu rêche au vent de fin d'automne, pour amortir la pression des pattes.

Le tulle de la folie s'épaissit devant les yeux d'Hélène ou bien le crépuscule. Les vaches sont traites. La Noiraude frotte ses cornes sur le râtelier rempli de fourrage. Elle souffre du mal de mère. On lui a mis une litière propre.

La tête sort.

La seconde qui tend vers l'autre...

Hélène, Jacques, les femmes molletonnées, tous attendent le cri. Tous, sauf Hélène qui le redoute. Mais à qui le dire? D'ailleurs il est trop tard. Les mots appartiennent à la raison, au luxe du temps qui s'étire sans s'inquiéter de l'urgence. Ici, la parole est livrée au corps qui se passe des mots, ceinturée par lui, par deux pattes griffues.

La tête sort.

La Noiraude s'arc-boute sur ses deux cuisses au-dessus de la litière neuve, tranquillement, souveraine.

Une grande bulle translucide glisse vers la paille. Au loin un chien hurle. Quelqu'un l'a frappé. Ses sanglots emportent un secret message à la mémoire.

Le cri.

Le cri déchire l'air, libère une taille, saute à la corde avec le regard enluminé d'un bonheur de père, traverse l'ouate, perce les murs, sort un veau d'une vache, lance à toute volée les cloches de la petite chapelle des Sariettes, boit une belle goulée de lait tiède et finit sa course splendide entre les mains d'une mère, tendues pour recevoir. Les mains d'Hélène, tout entières retrouvées, caressent une petite chose à la peau douce, attendrissante...

Aussi douce et attendrissante que les coussinets sous une patte de chien.

*Gentil Coquelicot,*
*Mesdames*

— Hervé! C'est l'heure!...

A la voix de sa mère, Hervé sait la robe qu'elle porte. Aujourd'hui, c'est la voix de la robe en taffetas vert amande qui bruisse comme le feuillage de l'eucalyptus au-dessus de sa tête quand il joue à la dînette avec Jacqueline. La robe de l'indulgence. Il y a des chances pour qu'elle ne l'oblige pas à terminer sa viande comme avec la robe grenat qui la rend intraitable.

Hervé, à regret, abandonne son poste de guet derrière le muret. La plage ondule sous l'air chaud et aspire le bleuté de l'eau avec des clapotis goulus de mangeur de soupe. Il traverse le jardin par le chemin où il est certain de retrouver ses repères.

Hervé se déplace sur un paysage fait de taches juxtaposées aux contours flous. Aucune forme ne rompt cet heureux agencement de couleurs et d'ombres, sauf lorsqu'elles arrivent à portée de sa main. A ce moment, en même temps qu'il les touche, objets et personnes pénètrent brutalement sa conscience et son regard peine sous le choc.

— Hervé! c'est l'heure te dis-je! Qu'est-ce que tu fabriques?

Hervé Cauvel tressaille. Edith, sa femme, gesti-
cule dans l'encadrement de la porte. Il a horreur
d'être dérangé ainsi, en pleine rêverie. Vivement, il
s'éloigne de la fenêtre, remet ses lunettes aux verres
épais de myope et constate qu'elle a encore sur le
dos ce tailleur mauve qui la boudine. Edith prétend que cela la rajeunit et qu'à partir de la
cinquantaine une femme est moins ingrate « enro-
bée que desséchée comme une momie ». Hervé ne
proteste plus depuis longtemps devant les aphoris-
mes de son épouse. C'est son unique façon de
régner, son côté cheftaine. Il en faut pour diriger
une maison de retraite.

Hervé et Edith Cauvel occupent l'aile gauche de
ce qu'on appelle communément « le château »,
une vaste demeure du XVIIIᵉ siècle d'assez bon air
qui tranche sur les lotissements bon marché four-
gués à grand renfort de publicité à la petite
bourgeoisie balnéaire locale. L'aile droite du château est réservée à l'administration de la maison de
retraite et les pensionnaires se partagent la partie
principale.

Les Cauvel traversent l'élégante esplanade bor-
dée de pins qu'Hervé a sauvés in extremis de la
gloutonnerie des promoteurs. Edith marche vite en
exagérant les gestes. D'ailleurs elle exagère tout, se
dit Hervé : la voix, l'embonpoint, les événements
et le reste. On se demande si elle ne fait pas exprès
de l'obliger à courir pour bien lui rappeler sa taille
à lui, comme si Hervé pouvait l'oublier! Quand on
s'arrête de grandir à l'âge où les autres mettent les
bouchées doubles, y compris les filles, surtout les

filles, il y a peu de chance pour qu'on l'oublie, sa taille!

Chaque matin Edith a le don d'égratigner son mari dans ce qu'il a de plus sensible et d'entretenir en lui du ressentiment comme on soigne une plante. Elle ne déteste pas, Edith, voir sourdre la sève de la rancune en se demandant quand et comment elle va jaillir de cette tête d'insecte où le regard retranché vous guette derrière l'écran du verre. Chaque matin aussi, dès qu'ils entrent dans la salle à manger où les pensionnaires valides prennent leur petit déjeuner, Hervé retrouve son entrain.

La compagnie des vieux l'enchante. Leur goût de la mesure, les précautions maniaques qu'ils déploient pour esquiver la bourrasque d'Edith en ont fait depuis longtemps des alliés et pour certains des complices. Auprès d'eux, Hervé peaufine l'art d'attendre, l'art de l'embuscade, cet art des impotents dont la patience est l'unique consolation quand, après des heures ou des jours d'expectative, ils finissent par ferrer leur plaisir ainsi qu'un poisson longtemps convoité.

— Alors, madame Morisset, on a bien dormi? hurle Edith en oubliant que c'est mademoiselle Clerc à l'autre bout de la salle qui est dure d'oreille.

— Et ce vilain pipi, monsieur Rodin, c'est fini, j'espère! clame-t-elle en s'arrêtant devant un fringant vieil homme, cravaté dès le matin.

Le malheureux plonge dans son bol de Ricoré, virant au cramoisi.

— Et vous, boutonnez votre blouse, voulez-vous!

enchaîne-t-elle en virevoltant vers Berthe, la fille de cuisine, penchée sur pépé Albert, le doyen, pour lui rajuster sa serviette.

Edith, sans retenue, apostrophe, régimente à grandes enjambées dans son tailleur mauve débordé de graisse enthousiaste. Les cous fripés rentrent dans les épaules. Les yeux usés clignent. Quelques mains tremblent davantage. Enfin, Edith rafle une tartine, méticuleusement beurrée, sur la table de la paisible Valentine en robe d'organdi puis sort en claquant la porte, happée par son propre élan.

Hervé a attendu, avec les autres, la fin de l'ouragan. Edith va déplacer la tempête sur les étages où les pensionnaires alités, à peine sortis des brumes, vont devoir affronter de bonnes claques réconfortantes, la lumière brutale du dehors, les fenêtres grandes ouvertes.

Hervé passe de table en table afin de porter secours aux victimes les plus cruellement atteintes avant de s'installer au milieu de ses amis. Edith ne comprend pas le plaisir qu'éprouve Hervé à prendre ainsi son petit déjeuner parmi les pensionnaires. Elle trouve cela malsain. Lui allègue que les voir se nourrir les fait connaître mieux qu'un entretien et que toutes les qualités et les défauts des êtres se révèlent dans la façon qu'ils ont de satisfaire leur faim.

Cependant Hervé retire de cette promiscuité un engouement plus secret qu'on pourrait croire scientifique mais qui appartient en réalité à son système pervers : il aime regarder les autres manger, voir de près la mécanique des bouches, laisser ses yeux

se perdre dans ces mouvements masticatoires
démultipliés, vagabonder d'un gosier décharné à
une gorge adipeuse, suivre la danse des lèvres,
espionner l'éclat rosé d'une langue entre deux
bouchées de pain et puis par-dessus tout, quand les
filles de salle ou les infirmières les aident en
s'asseyant parfois près des plus malhabiles, se
repaître du contraste sidérant des peaux. Lorsque
le parchemin d'un vieux membre osseux, constellé
de taches, voisine avec la blondeur duveteuse du
bras ou de la cuisse de Berthe par exemple, Hervé
Cauvel frissonne d'un plaisir où se mêle l'effroi...

Aujourd'hui l'infirmière-chef forme une nouvelle
recrue : Claudine. Hervé l'a accueillie il y a deux
jours dans son bureau. Sa sécheresse nerveuse de
brune l'a immédiatement intéressé. Dans sa blouse
blanche, elle paraît plus maigre encore. Il faut,
pense Hervé aussitôt, se renseigner sur son vestiaire
et mettre en place un nouveau stratagème, quitte à
utiliser celui de Berthe. D'ailleurs il commence à se
fatiguer de Berthe. Elle ne se retourne même plus
quand elle ouvre son placard. Décidément la fin de
la semaine s'annonce chargée : la plage samedi, le
vestiaire de Claudine à prévoir et peut-être s'il en a
le cran, la « grande parade » à la résidence du
Golf où la chambre 23 est réservée déjà depuis huit
jours. A cette perspective, Hervé frissonne encore.

Claudine, présentée par l'infirmière-chef, salue
gentiment les pensionnaires. Chacun s'efforce de
retenir son attention, de se montrer sous son
meilleur jour. Une nouvelle infirmière est une
confidente possible. Davantage indulgente que les
anciennes, elle ne répugne pas à s'attendrir sur la

litanie des misères que les autres n'écoutent même
plus.

Parvenue à la table d'Hervé, Claudine a un
moment de flottement : elle ne s'attendait pas à
trouver le directeur au milieu des retraités. Une
discrète rougeur colore son front. Cauvel s'est levé.
Il lui arrive à peine à l'épaule mais la ténacité de
ses yeux la désarçonne. Deux faisceaux d'un bleu
violent s'agrippent au cou de la jeune femme et
fouillent sa peau. On dirait que la triple épaisseur
du verre canalise ces rayons pour leur donner plus
d'impact. Hervé connaît pertinemment l'effet de ce
regard...

*— Hervé mon chéri, montre tes yeux au docteur. Allons*
*redresse la tête... voilà... C'est bien...*
*L'homme blanc a posé quelque chose de lourd et de froid*
*sur son nez et derrière ses oreilles. Hervé secoue la tête.*
*L'objet tombe. L'homme blanc le ramasse en soufflant. Le*
*menton frêle est emprisonné dans une main de géant. Les*
*genoux chétifs bloqués entre des cuisses de colosse. Le*
*moulinet des poings reste sans effet et semble amuser*
*beaucoup le tortionnaire. L'étau de la mentonnière se*
*resserre encore. Les genoux s'encastrent. Hervé sent que ses*
*os vont céder sous la double pression...*
*— Calme toi donc, mon ange, le docteur ne te veut aucun*
*mal !*
*La mère a la voix du taffetas vert amande et pourtant*
*elle porte sa robe grenat. Ça sent le piège. Hervé tente les*
*pleurs. Les paroles doucereuses de la mère coulent à pic au*
*fond des sanglots. Le blanc et le grenat déteignent. Ils se*
*fondent dans une même étoffe de menace et de sang. Le*

*blanc et le grenat tricotent du malheur sur le même métal
lourd et froid.*

– ... Claudine, monsieur le Directeur, Claudine
Boiron, qui prend ses fonctions aujourd'hui dans
notre institution, dit l'infirmière-chef rompue
depuis longtemps aux « absences » de son
patron.

Agglutiné comme une sangsue au liséré rouge du
chemisier qui dépasse de l'échancrure blanche de
la blouse, le regard d'Hervé est délogé brutalement.

– Mais... bien sûr... Soyez la bienvenue...
Mademoiselle... dans... dans cette maison qui
devient la vôtre...

Les verres embués le contraignent à retirer ses
lunettes.

C'est à Claudine de sursauter : l'immensité des
yeux bordés des ajoncs penchés des cils, enfin libres
du métal lourd et froid et de la triple paroi de
verre, là où s'aiguisent les faisceaux acérés du bleu,
l'immensité des yeux redessine un visage si fondamentalement enfantin qu'on voudrait l'arracher,
dans la seconde, au monde des adultes où il fut par
erreur transporté et le rendre au passé avec mille
excuses pour la bévue du temps. Avant que l'infirmière-chef ne l'entraîne vers d'autres pensionnaires, avant que Cauvel ne l'essuie de son mouchoir,
Claudine a eu le temps de voir sur la pommette
une trace humide encore teintée d'azur.

Hervé Cauvel s'en veut de ces accès d'émotion
que ses rêveries répétées développent, particulière-

ment depuis le début de l'été, saison où il est toujours davantage vulnérable.

L'acuité, la pénétration du regard de la jeune soignante ne lui ont pas échappé. Il sait reconnaître chez les autres les signes de sa propre virtuosité. Décidément cette Claudine l'intrigue. Elle promet.

Il quitte la salle à manger. Pour accéder à son bureau, il traverse la salle de télévision, le salon de lecture et son coquet jardin d'hiver puis l'infirmerie, vide à cette heure matinale. Partout, les éclats de voix d'Edith traversent les murs, les planchers, les portes. Son humeur, bonne ou chagrine, est incontournable, terrassante. Hervé soupire. Sous prétexte de se préoccuper du bien-être de ses employés, il obtient sans difficulté chez son intendant les renseignements concernant mademoiselle Claudine Boiron, célibataire. Elle réside à Bayonne. Elle a trente ans. C'est son deuxième emploi : il apprend, chose essentielle, son numéro de vestiaire et les heures précises de service, lesquelles ne correspondent pas avec celles de Berthe, Dieu soit loué.

Hervé s'enferme dans son bureau qui donne sur l'esplanade et le bouquet d'arbres dont un luxuriant eucalyptus, où les anciens viennent chercher un peu de fraîcheur à la sieste. Le jeudi étant jour de lingerie, Edith a de quoi s'occuper : toute la matinée à terroriser le personnel et persécuter les pensionnaires en vue de leur faire avouer où ils cachent leurs sous-vêtements ou leurs mouchoirs qu'ils refusent de donner à la blanchisserie de peur qu'on ne les abîme, qu'on les égare, ou simplement

parce qu'ils sont imprégnés d'odeurs qui consti-
tuent leur seul trésor personnel.

La ratonnade de madame Cauvel, si elle fait des
dégâts parmi les retraités, libère avantageusement
son époux. Hervé soulève une latte de parquet sous
son bureau. Il en sort un petit trousseau de clefs.
Avec l'une d'elles, il ouvre l'un des tiroirs. Il y a là
quelques outils et un assortiment de feuilles métalliques, de rétroviseurs, de miroirs dont certains,
guère plus larges qu'une lame de couteau, sont
fixés sur des planchettes de contre-plaqué munies
de vis.

La pièce attribuée au personnel féminin de la
pension n'est séparée du bureau de Cauvel que par
une sorte d'office à vasistas qui sert de lieu de
rangement pour des dossiers administratifs et les
archives. C'est par pur hasard, en cherchant un
document, attiré par la voix toute proche de
Berthe, que Cauvel a déniché dans la porte
mitoyenne, à hauteur d'homme, une lézarde naturelle du bois par laquelle, le vestiaire et la douche
se trouvant dans son champ de vision, il pouvait
parfaitement suivre ce qui se passait de l'autre
côté. Il n'oubliera pas de sitôt le divin trouble de
cette indiscrétion à laquelle la surprise apportait
son grain d'extravagance.

Puis il a fallu tenir tête à l'habitude, au blase-
ment, entretenir la bluette de cet émoi primitif. Il
avait en effet fini par se lasser d'espionner passive-
ment. Il connaissait par cœur la rondeur mafflue
du sein, le gras des genoux, la motte rebondie sous
la toison dorée de Berthe. Les cuisses noueuses, les
aisselles en broussaille de Marion, la femme de

ménage, faisaient partie du décor, et même le
fessier tout en plis de la cuisinière ne l'inspirait plus
autant. Les infirmières, sans doute parce qu'elles
en ont moins besoin ou parce qu'elles possèdent
chez elles le confort nécessaire ne se douchent
jamais. Cauvel ne connaît d'elles que les combinai-
sons ou les soutiens-gorge lorsqu'elles ôtent leur
blouse ou changent de chemisier.

Peut-être même Hervé aurait fini par renoncer à
ce spectacle quotidien si un soir, en butant sur la
porte, il n'avait été repéré par Berthe, l'œil collé à
la porte. Le comportement inattendu de la jeune
paysanne avait alors réveillé l'intérêt de son préda-
teur. Au lieu de s'offusquer, au lieu d'alerter le
monde, Berthe s'était prêtée spontanément au jeu
de Cauvel, s'exhibant avec des gloussements qui en
disaient long sur sa propre ardeur. Rapidement,
elle ne s'était plus douchée qu'elle ne se sache
épiée. Il lui arrivait d'attendre, assise sur un
tabouret, que Cauvel soit à son poste pour procé-
der au déshabillage. Soudain, derrière la lucarne le
verre des lunettes lançait des éclairs, le signal.
Enhardi par une telle connivence, Hervé Cauvel
avait donc agrandi la lézarde en lucarne puis
installé dans le vestiaire et la douche un système de
miroirs plein d'astuces qui avait le double bénéfice
de multiplier les angles de vue et d'échanger, par
reflet interposé, les regards attachés au plaisir
commun, jusqu'au jour où Berthe, tourneboulée
par on ne sait quelle amourette, lui avait tiré la
langue dans leur miroir favori.

Depuis lors, passablement humilié, Hervé vient
assister aux ablutions de l'ingrate, pour la forme,

en se promettant chaque soir que ce serait le dernier.

Bien qu'elle continue à l'ignorer, Hervé reste reconnaissant à Berthe comme on le reste, sa vie durant, à ce qui vous a révélé à vous-même. Sans Berthe, Hervé aurait peut-être végété, n'allant pas plus loin que le bout de son œil. Grâce à cette coquine à l'âme trempée dans le fumier, Hervé Cauvel a fait du chemin. Le visage extatique de la jeune fille transpercée des flèches bleutées décochées depuis la lucarne, sa volupté manifeste à être ainsi persécutée de regards interdits avaient fait réfléchir Hervé sur l'universalité de la perversité et sur son envie de satisfaire la sienne de cette façon-là. Lui aussi voudra connaître l'extase de Berthe.

Cauvel ouvre le placard de Claudine. Il y trouve un sac noir à bandoulière, un imperméable et un chapeau dont la forme masculine ne le surprend pas : il convient bien à la coupe androgyne des cheveux. Il fixe deux miroirs, l'un à l'intérieur de la porte, l'autre contre la paroi du fond, procède à quelques essais de réflection en se postant derrière la lucarne puis, satisfait, retourne à son bureau. Il n'y a plus qu'à attendre 18 heures, heure à laquelle Claudine termine son service.

La journée n'en finit pas. Après le courrier du matin, Hervé ne peut échapper au déjeuner en tête à tête avec sa femme. C'est Berthe qui leur apporte leur plateau sous la véranda attenant aux bureaux. Sa blouse est encore déboutonnée et elle a cet air effronté qu'elle prenait, assise sur son tabouret dans l'attente du signal. Se pourrait-il qu'elle ait rompu avec son godelureau? De toute façon, aujourd'hui, c'est le dernier souci de Cauvel. Seul l'obsède le rendez-vous de 18 heures.

Edith a le génie du monologue. Hervé se retient bien de l'interrompre lorsqu'elle tresse ses sentences de la même manière qu'elle enseignerait à ses louveteaux le travail du raphia ou la confection des paniers pour la kermesse paroissiale. Elle met d'ailleurs la même application dans l'amour, comme si elle répétait la leçon d'un manuel de postures érotiques. La voracité d'Edith qui grandit d'année en année à table et au lit, Hervé la supporte parce qu'il la sent animée d'une violence enfantine et parce qu'elle est paradoxalement sa seule échappatoire : Edith se goinfre poussée par une frénésie qui l'épuise aussi abruptement qu'elle surgit. Elle succombe en une seconde, parfois au détour d'un dessert, d'une phrase, d'une caresse, à un sommeil de gouffre. Il peut alors vaquer à ses occupations, tranquillement. Hervé la laisse donc, la cuillère plantée dans sa troisième crème caramel, la tête renversée dans la collerette mauve du tailleur et se dirige vers les arbres où ses vieux compagnons sont installés pour la sieste.

A la belle saison, c'est le moment le plus agréable de la journée. Cauvel dispute une partie de Lexicon avec mademoiselle Clerc, rallume, en cachette des soignantes, la pipe de pépé Albert en veillant bien à ce qu'il ne s'enflamme pas la barbe, aide aux pelotes de Valentine, ajoute une couverture ici, en retire une là, commente un article du *Chasseur français* avec Rodin volontiers philosophe, prête main-forte aux ragots, s'associe aux jérémiades. Le spectacle de ces cœurs élimés, de ces corps résistant à l'ingratitude du temps et que seules d'infimes joies, sur fond de détresse, retiennent encore à la vie l'émeut au plus haut point. Ce monde est aussi le sien, celui des laissés-pour-compte, des vaincus.

Cauvel s'allonge à son tour sur une chaise longue à l'ombre des eucalyptus. De loin, il distingue la tache mauve d'Edith sous la véranda. C'est bien ainsi qu'il se la représente : une tache, une macule sur le calendrier de son existence, une bavure qui se répand, rendant illisible toute tentative d'écriture, interdisant tout rendez-vous avec la bonne fortune. Hervé sourit : ce rendez-vous, ne l'a-t-il pas aujourd'hui, à 18 heures? Il renverse la tête en arrière et ôte ses lunettes.

*L'arbre se brouille aussitôt, ombre mouvante, marbrée de vert, remplie de chuchotis qui remplacent les formes. Dans un panaché d'œil et d'oreille, il se sent pénétré du bruissement de l'eucalyptus au-dessus de sa tête...*

*Jacqueline est assise, juste en face de lui. Ils ont mis leurs jambes en équerre et leurs pieds se touchent. Hervé sent la plante moelleuse de la peau contre ses orteils. Par instants il en remue un. Jacqueline se tortille : « Tu me chatouilles! arrête! on a dit : pas de chatouilles! » mais elle a pas l'air si fâchée Jacqueline, à entendre la manière dont elle rit. Le blond du sable, le blond des cheveux de Jacqueline, le blond de sa peau nue à peine éraflée par le volant rose du bikini bouillonne comme la décoction d'or d'un alambic. Il voudrait, Hervé, avec toute cette blondeur, il voudrait passer sur le sable un peigne fin et en faire des nattes, égrener dans le creux de sa main-sablier cette peau,*

*la laissant couler indéfiniment : remplir son seau de la*
*masse des cheveux pour bâtir une forteresse dressée contre la*
*mer. Et puis il y a l'odeur. L'exhalaison de la blondeur*
*chauffée au soleil et lardée d'aiguilles de pins qui en*
*relèvent l'arôme et celle basalmique de l'eucalyptus en sueur*
*dont les gouttes tièdes claquent sur leurs épaules.*

*« On dirait que ce serait de la crème au caramel. »*
*Jacqueline touille quelque chose dans une boîte de conserve*
*entre ses cuisses écartées : « Tu serais mon bébé. » Elle*
*met une cuillère dans la main d'Hervé et attend. Il ne*
*distingue pas les traits de Jacqueline mais il comprend à la*
*poussée de ses pieds sur les siens que c'est maintenant qu'il*
*doit pleurer. Alors il pleure très bien, très fort. Alors elle*
*l'attire vers elle. Alors tout le jardin titube. Alors il sent la*
*mixture qui se renverse et durcit sur sa jambe, tandis*
*qu'elle referme ses cuisses à elle sur lui et colle le visage*
*barbouillé de larmes contre sa poitrine où résonnent d'étran-*
*ges tam-tams. Alors elle le berce et Hervé lèche le cou en*
*glissade jusqu'à ce petit creux de sel où brille une chaînette*
*qu'il enroule autour de sa langue, avant de se renverser de*
*bonheur, gobant des yeux l'eucalyptus qui plie vers eux,*
*tous ses bras tendus de tendresse...*

— Hervé! peux-tu venir, je te prie, pour la
commande des lits!

Le mauve sur le vert de l'arbre si intensément
gravé sur la rétine est du plus mauvais effet. Il
s'empresse de chausser ses lunettes comme on tire
un rideau, d'un coup sec du poignet. Dans ces
moments-là, il a une idée assez claire de ce que
peut être un viol. Edith est son violeur permanent.
Il se lève, victime consentante d'une habitude
longuement éprouvée. Les vieux le regardent cou-

rir derrière l'ombre de sa femme en hochant la tête. Que comprennent-ils à ce couple insolite? Les Cauvel croisent Claudine qui pousse un fauteuil vide pour ramener pépé. Cauvel lui sourit intérieurement : « A tout à l'heure, Mademoiselle. » Elle passe en saluant respectueusement.

Le représentant en literie est déchaîné. Il met pour vendre ses lits l'exaltation de quelqu'un qui ne se serait jamais donné le temps d'en faire usage. Edith se délecte. Hervé profite de l'aubaine et s'éclipse au premier étage pour rendre visite à son ami Binet cloué dans sa chambre par une mauvaise arthrose.

Ancien professeur de latin-grec, Raymond Binet aime converser avec Cauvel, son unique interlocuteur depuis qu'il s'est brouillé avec Rodin pour une querelle d'étymologie. « On ne transige pas sur l'étymologie, sinon : plus de morale! » affirme Raymond Binet. Après des semaines de dialogues savants, les deux hommes en sont venus aux confidences. C'est ainsi que Cauvel a appris l'inclination de Binet pour Valentine dont la chambre est contiguë.

Après bien des chichis, le vieil homme s'est confessé : grâce à un orifice découvert dans la paroi du mur, derrière son lit (reliquat d'une ancienne prise électrique), il la regarde dormir. Binet s'est lancé avec émoi dans la description des chemises de nuit. Désormais, Cauvel et Binet peuvent occuper des heures à fantasmer sur la couleur d'un ruban ou la blancheur d'une épaule aperçue sous la dentelle, ce qui les conduit parfois à des considérations plus générales sur la femme, mystère

parmi les mystères. Mais Cauvel de son côté n'a
rien dit de ses folies de vestiaire. Emboîter le pas de
Binet, espionner son espionnage en dérobant au
passage des images de Valentine, l'intéressent
davantage que ses propres aveux.

Hervé ne pouvait mieux tuer le temps jusqu'à
l'heure du rendez-vous de Claudine. A six heures il
est en faction. A six heures sept minutes, elle
entre.

Hervé a la bouche sèche. Claudine ouvre son
placard. Elle marque une légère surprise devant le
miroir qui n'était pas là le matin, puis, très
concentrée, elle s'examine. Hervé remarque avec
elle l'importance des cernes sous les yeux et le pli
d'amertume qui tiraille un coin de la bouche.
Claudine soupire. Elle ouvre son chemisier et va
vers le lavabo. Cauvel l'aperçoit de trois quarts.
Elle se rafraîchit les mains, le cou et vivement, elle
glisse la main mouillée sous le chemisier grenat.
Hervé tremble.

Jamais rien ne lui a semblé aussi excitant que
l'intimité de cette toilette à la dérobée, presque
clandestine. Les yeux d'Hervé s'affolent entre la
nuque humide où les petites mèches noires des
cheveux collent comme la collerette d'un canard et
le dégoulinement des aisselles sous les pans du tissu.
Son cœur se met à battre jusque dans sa rétine. A
nouveau sa vue se brouille. Il retire ses verres.
Alors Claudine semble animée de lents mouvements d'ailes...

*L'oiseau grenat paraît vouloir décoller. Hervé plie sur
ses genoux secoués d'inquiétude « non pas l'école, maman!*

*reste maman! » Hervé serre son cartable contre lui. La*
*robe grenat, la robe intraitable bat l'air deux ou trois fois.*
*Les ailes se déploient. Hervé se tend tout entier afin d'être*
*arraché du sol et retombe lourdement, les genoux sur le*
*gravier. Il scrute en vain le sol, le ciel. Il fait gris.*
*Uniformément gris...*

Claudine a son imperméable et son chapeau.
Elle corrige d'un trait rouge l'amertume de la
bouche. Cauvel est si fatigué qu'il la regarde sans
comprendre. Il ne sait même pas pourquoi il se
trouve là, derrière une porte, à contempler une
femme qui met du rouge à lèvres. Il n'a qu'une
idée : dormir...

Edith a allumé la télévision. Un Maigret. Edith
sera de bonne humeur. Le moment ou jamais
d'évoquer le week-end. Il attend donc le film pour
glisser sa demande après un dîner expédié.

Sur l'écran, Maigret bourre une énième pipe.

– J'irais bien à la plage samedi si tu veux
bien...

– Mais oui, mais oui! répond Edith en se
demandant si l'assassin ne serait pas par hasard la
propre femme de la victime.

– Peut-être irai-je dormir chez Robert et ne
rentrerai-je que le dimanche midi.

– Oui. C'est cela, dimanche midi! La veuve
savait-elle pour l'assurance-vie? s'inquiète Edith.

Ce soir, Georges Simenon s'est fait un frère.
Hervé sifflote gaiement en arrosant la pelouse.

Edith déteste la plage, la plage l'été. Après des
années de disputes sous les parasols de toutes les
côtes basques et landaises réunies, de coups de

soleil à gémir des nuits entières, d'urticaires géants
en prime aux fruits de mer, elle a fini par accepter,
ne pouvant empêcher Hervé de jouir des plaisirs
marins si évidemment liés à l'enfance, de s'exemp-
ter du devoir de plage et de laisser son mari en
user librement tant que cela ne porte pas préjudice
à la bonne marche de la résidence. Il n'est pas rare
que par vengeance elle invente quelque empêche-
ment de dernière minute forçant Hervé à sacrifier
ses bains de mer, mais Hervé la punit en retour en
refusant de la toucher pendant plusieurs semaines.
Cette fois Hervé est plutôt tranquille, ne serait-ce
que parce qu'Edith arbore son tailleur mauve
depuis trois jours, ce qui signifie qu'elle traverse
une phase d'excitation. Elle ne prendrait pas le
risque de se condamner à l'abstinence en l'empê-
chant de partir.

La manière dont la terre boit l'eau a quelque
chose de l'avidité d'Edith. L'herbe drue, exigeante,
aspire l'offrande d'Hervé. Hervé n'ignore pas
qu'avant de filer il lui faudra satisfaire sa femme.
Gagner du temps s'impose. Pour ce soir, son ami
Simenon peut le secourir à nouveau. Il suffit
qu'Hervé s'endorme avant la fin du film. En
général Edith ne le réveille pas. Elle se contente de
se plaquer contre lui. Dans son demi-sommeil, il
sent la chair spongieuse se glisser dans les moindres
anfractuosités de son corps, envahissant comme un
mollusque le creux de ses reins, de ses genoux.
Lorsqu'elle-même est endormie, Hervé se décolle
dans un bruit de ventouse mais il conserve longtemps sur sa peau le souvenir de cette empreinte.

Hervé abrège l'arrosage. Il est au lit que Maigret n'en est encore qu'aux présomptions, la pipe déconcertée.

Le sommeil résiste. Claudine, le chemisier flottant sur d'humides cachettes, plane au-dessus des draps. Elle pourrait fondre sur Hervé d'un instant à l'autre, lui clore à tout jamais les yeux à coups de bec. Elle l'empêche de rêver à la plage et à « la grande parade » de la Résidence du Golf. C'est pour la nuit de samedi, si tout va bien.

Edith a éteint la télévision. Hervé roule sur le ventre et plonge la tête dans l'oreiller. Faire semblant. Le mollusque s'agglutine bientôt à son flanc. Hervé se réfugie en pensée près de la vieille Valentine. Son cou flétri fleure bon la vanille et ses rubans lui chatouillent le nez. Il se sent bercé. Raymond Binet a fait le bon choix...

Hervé s'est levé de bonne heure. Edith le trouve en train d'arroser les bégonias lâchement abandonnés la veille au soir. Deux mauvaises nouvelles : Edith récidive avec son tailleur mauve et elle suggère un déjeuner à la maison – sous-entendu : une sieste.

« Tout a un prix », se dit Hervé en pensant à son échappée de demain... La salle à manger des pensionnaires, heureusement, a son air le plus engageant et Edith surchargée de travail renonce même à y semer la panique.

Rodin, voyant Cauvel arriver seul, reprend du Ricoré, si manifestement soulagé que Cauvel en déduit que ses draps sont déjà à la blanchisserie. Chacun a droit à un sourire, une attention de son directeur. Mademoiselle Clerc est désolée d'apprendre que la partie de Lexicon de la sieste est

reportée à lundi (et Hervé donc!). Quant à pépé
Albert, il attrape le fessier de Berthe et la jeune fille
proteste sans conviction en jetant à Hervé un clin
d'œil qui ressemble à un rendez-vous, la blouse
déboutonnée.

Cauvel choisit de prendre son petit déjeuner en
compagnie de Valentine : il lui doit bien cela. Elle
est si pimpante ce matin dans sa robe parsemée de
violettes! Valentine a épinglé une rose en tissu sur
le revers du corsage. On dit qu'elle brode les roses
elle-même. Dans ses cheveux blancs ondulés, elle a
glissé un serre-tête en velours assorti aux violettes.

Elle beurre sa tartine comme on caresse la tête
d'un enfant affligé d'un gros chagrin. Silencieuse,
elle emmitoufle Cauvel de son regard de loukoum.
Ce regard aussi sent la vanille.

Une porte s'ouvre dans le dos de Cauvel. Claudine entre avec le plateau des médicaments. Hervé
se lève gauchement; elle n'a plus le chemisier
grenat. Son visage à elle est nettement dessiné.
Trop nettement. Ce visage, ce corps, cette main
tendue s'offrent avec une franchise sans mystère,
du genre : « Il n'y a rien à voir! circulez. » Rien à
voir en Claudine? Alors pourquoi trembler à nouveau?

Debout, l'un face à l'autre, Claudine et Hervé
semblent suspendus hors du temps. Elle remarque
son tremblement. Lui devine son questionnement.
Claudine est de celles qui voient plus qu'elles ne se
laissent voir. Les lunettes d'Hervé, ces prothèses de
l'âme, ne l'arrêtent pas. Claudine passe au travers.
Elle est derrière l'écran. Elle fouille l'étang bordé

d'ajoncs. Elle y braconne en battant l'eau bleutée
de ses propres yeux de trappeur. Hervé Cauvel a le
sentiment d'avoir trouvé son maître, de passer de
l'état de chasseur à celui de gibier. Il tremble
d'être débusqué. Il a peur de cette femme, peur de
son pouvoir.

Claudine s'éloigne. Cauvel se rassoit, désar-
çonné.

Valentine, toujours sans un mot, tend à Hervé
sa tartine de beurre.

Quand il s'enferme dans son bureau, Hervé
Cauvel est dans un état d'agitation qui ne fait
qu'empirer lorsqu'il téléphone à la Résidence du
Golf pour confirmer la réservation. Trop d'événements, trop d'émotions.

La paperasserie administrative finit par l'assagir
et il voit arriver le déjeuner avec soulagement en
fin de compte, car si c'est toujours un effort de
contenter Edith au moins y est-il suffisamment
habitué pour ne pas y investir trop de lui-même.
C'est Berthe qui se charge de porter le repas
jusqu'à l'appartement de ses patrons. La petite
garce sait ce que cela signifie et le montre.

Edith, prétextant la chaleur, s'est mise nue sous
son peignoir d'été! Elle touche à peine à la nourriture qu'Hervé est déjà dans la chambre, pris dans
l'étau des cuisses mafflues; de sa bonne volonté
dépend la sécurité de son départ si bien qu'il
s'acquitte presque avec entrain de sa tâche conjugale qu'il fait même durer bien au-delà des heures
normales. Et puis il lui prend soudain l'envie de la
gâter, sa femme, lui qui va bientôt connaître des
délices si subtils, peut-être même l'extase!

A sept heures et demie, Hervé profite de la tournée du soir pour se rendre à l'œilleton du vestiaire. Berthe l'attend sur son tabouret, émoustillée, preuve que le dernier galant est bien hors circuit. Cauvel assiste à la mise en scène traditionnelle, mais le cœur n'y est pas.

Les ailes grenat de Claudine, son regard fouineur l'occupent trop et puis samedi maintenant à portée de sa main...

Ce soir-là, Edith s'est affalée de sommeil, suintante de chair satisfaite. Hervé s'est endormi à l'aube. Le lendemain, à 11 heures, Edith, très amicalement, l'a conduit au car. A deux heures il est à la Résidence du Golf, en maillot de bain.

En sortant de la résidence climatisée, les bouffées d'air chaud s'enroulent autour de Cauvel comme la mousse de sucre autour d'un bâton de barbe à papa. La plage est à une centaine de mètres.

Sans lunettes, Hervé se guide à l'odeur d'ambre solaire et emboîte le pas des familles empêtrées de sacs, de pneumatiques et d'enfants qui se pressent en trébuchant sur les dunes, bien décidées à installer leur campement au même endroit que la veille, où leurs traces personnelles délimitent un territoire. Les plages fonctionnent en tribus.

Cauvel va jusqu'à la mer, sa serviette pliée sous son bras et marche sur le bord de l'eau. Il lui faut s'éloigner le plus possible de son hôtel. La plage est bondée. Les grappes de corps bariolent le sable et les parasols ont l'air d'oriflammes guerrières qui claquent dans le vent. Parfois, il enjambe de justesse des baigneurs aplatis comme des méduses dans l'écume ou bute sur des gosses surgis de l'air ou de l'eau, leurs cris de terreur et d'excitation en ricochet sur le fracas des vagues.

Cauvel marche contre le vent. Le soleil l'embroche entre les omoplates. Il prend plaisir à cette brûlure.

Arrivé à l'extrémité de la baie, il s'arrête, dos à la mer et il s'enfonce parmi l'agglutinement de corps dont il ne distingue que le volume et le graphisme, figures géométriques d'un kaléidoscope. Il s'inscrit dans ce dessin en mouvement avec sa serviette qu'il pose à côté des masses de chair de densité et de couleurs différentes. Maintenant il fait partie de la plage. Personne ne remarque ce petit homme brun qui dépasse à peine de son drap de bain, cet infime élément du décor.

On ne le remarque pas davantage dans l'eau où sa tête est un bouchon de plus qui flotte parmi d'autres bouchons, ni au « bar de la plage » devant son Schweppes citron, ni sous la douche d'eau douce où il se rincera après le dernier bain de mer.

Qu'on ne le voie pas ne le gêne pour l'instant aucunement. Au contraire. Il jouit de ces heures de mer et de soleil volées aux autres grâce à leur ignorance, prises en douce grâce à leur indifférence.

Voluptueusement, Hervé Cauvel attend la brise de 17 heures, tout en concoctant la « grande parade » de ce soir, à la résidence (en intégrant le studio, il a vérifié que l'immeuble d'en face est bien à la bonne distance de ses fenêtres et que les balcons ont bien vue sur elles).

Insensiblement, le vent fraîchit et donne le

signal des premiers départs. Le marchand de bei-
gnets en profite pour revenir à la charge car c'est
l'heure où les enfants accroupis sous les parasols
commencent à claquer des dents et réclament un
second goûter plus pour ennuyer les parents que
par faim véritable. Un beignet sur deux finit
d'ailleurs par rouler dans le sable et les pleurniche-
ries alternent avec les claques appliquées par les
mères ou les grandes sœurs elles-mêmes harassées
de farniente.

Une sorte de mauvaise humeur se répand dans
l'air à mesure que la brise progresse et que le soleil
décline. C'est le moment. Le moment idéal.

Cauvel se lève. Il accroche sa serviette autour de
ses reins. Il descend son slip le long des cuisses, des
mollets, sur les chevilles, enjambe le maillot, a l'air
de se raviser, se tourne face au vent. Le vent
s'engouffre, gonfle la serviette qui se soulève un
peu, beaucoup, à la folie. La serviette s'envole
enfin et disparaît dans une vague.

Au cri d'Hervé Cauvel, suffisamment théâtral,
cinquante mètres carrés de plage sursautent – il est
vrai que notre ami garde de quelque dix années de
chorale de jeunesse un organe vocal conséquent
mais en l'occurence ce n'est pas cet organe-là qui
provoque le plus de stupeur.

Car c'est bien de stupeur qu'il s'agit.

Les trois secondes de blanc qui succèdent au cri
et à l'apparition de ce nabot complètement nu, son
slip de bain à la main, en imprécation contre la
mer, ont l'amplitude des silences qui saluent l'impossible.

Ce silence, que ni le temps ni l'espace ne peuvent raisonnablement mesurer, a quelque chose de liturgique et, chaque fois, Hervé Cauvel le déguste.

C'est un silence qui le fait exister, le remet à sa juste place parmi les hommes, la compensation suprême de l'oubli où on le tient.

Debout dans l'écume, ébloui autant par l'astre qui jette ses derniers feux sur les vagues que par l'émotion d'être ainsi au centre des choses, Hervé cligne ses yeux infirmes sur le moutonnement de la foule encore méduse mais qui va éclater.

Quand le silence se rompt, douceur et douleur confondues tel l'hymen d'une jeune fille qui sait la sacralité de l'instant, Cauvel a un curieux haut-le-corps puis, brutalement, sort de l'eau et se met à courir en tous sens comme s'il tentait d'échapper à quelque poursuivant invisible. La blancheur de ses fesses, la blancheur de son sexe violentent l'uniformité brune des corps.

Puis la clameur retentit. La foule se laisse emporter par sa propre rumeur instinctive : ovations, huées, vociférations, toute la gamme complète des rires (du plus bon enfant au plus contraint) commencent à tomber dru, en javelots. Peu lui importe qu'ils soient meurtriers : l'important est qu'ils tombent et que lui, Cauvel, devienne le gibier de cette chasse d'été, le bel animal sauvage convoité par la meute...

– *Hervé! Reviens! On ne court pas tout nu comme ça!*

*C'est la voix du maillot couleur d'abricot. Quand sa mère le porte, elle doit se sentir belle parce qu'elle le garde*

*toute la journée et le laisse sécher sur sa peau. Hervé aime*
*bien tâter le tissu pour voir où il sèche le plus vite. La*
*chaleur de ses menottes aux endroits encore humides agit*
*plus efficacement que le soleil.*

*Avec le maillot abricot, rien de mal ne peut arriver,*
*même si on court tout nu sur la plage. Sa mère le poursuit,*
*du rire plein la gorge. Souvent Jacqueline lui prête*
*main-forte, alors c'est encore mieux car le péril est double*
*et il se demande par qui il voudrait être rattrapé quand les*
*forces le quitteront. Déjà le sable est un piège : tantôt il le*
*propulse, tantôt il le retient et il doit adapter ses jambes à*
*l'irrégularité du terrain. Ses fesses dodues le gênent aussi et*
*perturbent l'équilibre mais il court, il court quand même,*
*une main refermée sur son robinet afin de ne pas céder au*
*pipi trop tôt. Les yeux plissés l'aident à éviter les obstacles.*
*Aux rires de sa mère et de Jacqueline se joignent des*
*dizaines de voix inconnues qui l'encouragent dans sa fuite,*
*des rires de femmes surtout. Certaines tentent de le retenir*
*au passage. Des mains le frôlent, le touchent. Certaines*
*s'attardent sur le derrière, fourragent les boucles brunes. Il*
*tombe. On le ramasse. On s'extasie. Il repart enivré*
*d'odeurs, de doux attouchements. Ses pieds dérapent sur des*
*corps huileux. Il se cache derrière des parasols, sur des*
*serviettes sablonneuses qui lui piquent l'anus et chatouillent*
*ses oreilles. Cinquante mètres carrés de plage fondent de*
*tendresse pour ce bout d'homme, le sexe au vent, la joie au*
*vent...*

Cauvel exulte, louvoyant, le maillot à la main,
en envolées gracieuses de danseur. A chaque bond
ses testicules frappent ses cuisses en cadence et la
chair flasque du sexe s'associe à ce mouvement de
balancier, ces sonnailles de clocher silencieux.

Entre la fente de ses yeux il distingue à nouveau les formes géométriques du kaléidoscope, mais le système semble déréglé : les figures s'affolent, se font et se défont en même temps que le tumulte des voix où l'invective domine. On parle de satyre.

*Hervé sent la fatigue le gagner. Les voix de Jacqueline et de sa mère se rapprochent mais ses jambes refusent d'aller plus loin. Il tombe à quatre pattes. Il couine. Il se met à creuser le sable frénétiquement, une sorte de terrier. Les voix inconnues s'interrogent, chuchotent. Les poursuivantes ne sont plus qu'à quelques mètres. Hervé se love dans le trou, la tête la première, le visage enfoui dans la fraîcheur marine. Seules ses petites fesses blanches émergent, deux magnifiques corolles frémissantes où le sable brille d'un éclat velouté...*

Cauvel s'est immobilisé, les yeux clos, le visage tourné vers le soleil. La pose est si extatique que le silence à nouveau revient, le silence de gêne, penaud, de ceux qui voudraient bien sévir et qui ne le peuvent pas : le silence de l'impuissance...

*« Ah! coquin, je te tiens! » Ce doit être la voix qui le soulève du sol, la mélodie abricot de cette voix qui fait s'élever les corolles comme une montgolfière.*

Alors, rendant grâce pour tant de bonheur éprouvé, Hervé et Cauvel d'une même et jumelle impulsion, se campent ensemble devant l'océan et offrent aux flots le jet d'un pipi distingué, une révérence aussitôt emportée par la mer dans des roulements de galets semblables à un vivat d'honneur.

L'ennemi n'aura pas le temps de se ressaisir. Avant qu'un chef ne sorte du rang et ne fasse son devoir de chef, avant que les femmes ne se liguent et n'obtiennent réparation, le satyre se sera volatilisé derrière les dunes, où, tranquillement, il remettra son maillot de bain puis rentrera par la route qui longe la plage jusqu'à la Résidence du Golf...

« Un sommeil réparateur »... se dit Hervé Cauvel en émergeant de sa sieste tardive. Le mot « réparateur » lui paraît convenir à la situation : l'exaltation n'éprouve-t-elle pas davantage les nerfs que le chagrin, surtout chez un être si entraîné à la tristesse qu'elle en est devenue naturelle? A la profondeur du sommeil qui a suivi, il mesure l'intensité de sa cavalcade sur la plage. Il est presque 20 heures lorsqu'il sort en bras de chemise avec l'idée de dîner en bordure de mer de quelque poisson grillé.

La veste sur l'épaule, il marche longtemps dans la direction opposée à celle de l'après-midi. Il croise des couples enlacés qui s'arrêtent devant chaque gargote de plage et rient sans raison à propos des menus qu'ils ne lisent probablement même pas. Hervé Cauvel les regarde, les écoute, chaparde au passage l'éclair d'une main d'homme égarée sur un sein ou sur une chute de reins, une bribe de phrase coquine qu'il tourne et retourne dans sa tête.

Il se souvient avoir autrefois entouré la taille de sa trop haute, trop épaisse Edith sur une promenade semblable et senti sur eux l'œil indiscret d'un promeneur de l'ombre avec qui, finalement, il aurait volontiers fait l'échange, déjà.

Le vent s'est apaisé au coucher du soleil et la côte ondule plaisamment, à peine effleurée par l'air du soir où clignotent les premières lumières de la baie. Des écharpes de fumées chargées de fortes odeurs de grillades flottent, suspendues aux auvents, aux enseignes.

Hervé a tout son temps.

Il laisse la faim prendre ses aises. Sa peau surchauffée par le soleil frissonne au contact de ses vêtements et il repasse au ralenti certaines scènes de l'après-midi en commençant par la fin pour mieux en revivre les instants ainsi détachés de toute logique. Tel un funambule, porté, soutenu par des centaines d'yeux dont il sentait la présence magique, il lui semble avoir marché sur le fil du temps et exécuté à la perfection le périlleux numéro. A chaque fois, le spectacle terminé, il se demande si c'est bien lui, Hervé Cauvel, qui a accompli cet exploit. Il n'en revient pas de tant de bravoure et se félicite chaleureusement. Retourner dans l'ombre, dans l'oubli, l'indifférence des autres, tout cela n'est plus alors un problème : il se sait riche d'avoir existé, de s'être lancé, seul en piste, et d'avoir grimpé sans faillir l'échelle de corde des élus du cirque, très haut, la mer au-dessous, le ciel au-dessus. Hervé se décide pour « l'Etoile de mer » (à cause du nom) le dernier bistroquet en bout de plage. Les brochettes de poisson lui paraissent divines accompagnées d'un vin blanc glacé. Un groupe de jeunes touristes, danois ou suédois, s'excitent à la bière. L'une des filles, les cheveux

blonds lâchés jusqu'aux fesses, lui rappelle Jacqueline.

Hervé a repris une troisième brochette et fini la
bouteille. Il pense à la « grande parade », non sans
une certaine appréhension. Autant il est rodé aux
exercices de plages, au numéro de la serviette de
bain, autant cette « parade » l'impressionne. En
fait il la met à exécution pour la première fois ce
soir, même s'il l'a longuement préparée, souvent
répétée mentalement. Il a réglé la location du
studio d'avance à l'agence immobilière afin de
pouvoir déguerpir au cas où les choses tourneraient
mal. Il lui a fallu des semaines de repérages pour
planter son décor à l'emplacement le mieux approprié à la fois au succès de l'entreprise et à une
évasion éventuelle. L'heure également a été soi-
gneusement déterminée ainsi que l'éclairage qu'il
pourra agrémenter de projecteurs dérobés au
matériel de fête de la pension. La courbe entière de
la baie scintille maintenant. Il est temps.

La Résidence du Golf se trouve dans la partie la
plus élégante du bord de mer, légèrement en
retrait de la plage. Sa façade jouxte un immeuble
séparé par une aire étroite de verdure que sur-
plombent des terrasses elles-mêmes largement fleuries où, comme ce soir, les gens finissent de dîner
en prenant l'air. Cette idée de « parade » n'est
venue que récemment à l'esprit de Cauvel. Elle
date de cet hiver. La brave Berthe serait la première surprise d'apprendre qu'elle en est l'initia-
trice, l'inconsciente muse, qu'en exhibant ainsi le
plaisir non seulement à être vue sous la douche

mais à épier elle-même son propre voyeur, elle ouvrirait à son acolyte des horizons inédits.

Hervé attend tout et rien de ce supplément de programme. Son unique certitude est qu'il doit y céder comme on cède aux élans de la nature. Aussi met-il en place ses petits projecteurs de scène, puis, le cœur pincé d'une émotion presque tranquille, il ouvre les portes-fenêtres du studio, les doubles rideaux, vérifie la qualité de l'éclairage et ôte ses vêtements.

Il est nu.

Nu? Pas tout à fait : il garde ses lunettes. Cette fois, elles jouent le premier rôle.

Hervé se glisse dans l'encoignure de la fenêtre et lentement, solennellement, fait coulisser le cordon des rideaux.

Dans l'immeuble en face on ignore que cet appartement, violemment éclairé, surgi de l'ombre, est un théâtre suspendu à flanc de béton, mais déjà, sur les terrasses fleuries, des têtes se tournent, attirées par ce halo de lumière singulièrement agressive.

Le brouhaha de voix, les bruits de vaisselle, les flonflons se télescopent d'une terrasse à l'autre.

Cauvel, debout parmi les plis de la tenture, examine son sexe mou plus opalin que jamais entre ses courtes cuisses brunies.

Sourire aux lèvres, Hervé Cauvel entre en scène...

Paraître naturel. Contrairement à la plage où il sait qu'il transgresse, qu'il commet une incartade, même si la volupté grandissante la lui fait oublier.

Ici il est chez lui, dans son bon droit. Marcher tout nu chez soi n'est interdit à personne.

Alors il marche, il marche. Il ne fait même que cela : passer et repasser, vaquant, innocemment, sous l'éclat des projecteurs.

Soudain sur la terrasse la plus proche, quelque chose se passe. Les voix se sont tues. On a même interrompu un disque. Hervé se dissimule dans le rideau pour mieux apprécier l'effet de son premier acte. Un groupe de personnes s'est approché de la balustrade. Elles chuchotent entre elles. Bon début.

Suite : Hervé retraverse la pièce, s'arrête aux trois quarts du parcours, se baisse pour prendre quelque chose dans son sac, les fesses blafardes généreusement offertes et sort à nouveau du décor.

En face on pouffe de rire. Tout le monde parle en même temps. Hervé surprend des mots : « dingue », « incroyable » et autres synonymes. Les femmes, là encore, sont plus loquaces. L'une d'elles s'éloigne du groupe vers l'extrémité de la terrasse. Elle vient si près d'Hervé qu'il peut apprécier la peau soyeuse des épaules et sentir son parfum. Elle porte un sari jaune. Elle fixe ardemment la scène vide. D'autres spectateurs sont apparus sur d'autres terrasses et aux fenêtres.

Derrière l'une d'elles, deux enfants, dont il ne distingue que les silhouettes, sautent de joie et cognent au carreau en montrant la scène du doigt, puis ils s'évanouissent aussitôt remplacés par la masse sombre d'un homme, le front, les mains collés à la vitre, épinglé comme un coléoptère dans la boîte d'un collectionneur.

Deux balcons plus loin la lumière vient de s'éteindre, un couple de jeunes gens s'accoude à la rambarde et demeure à l'affût, dans l'ombre propice à l'avidité qui les dévore malgré eux.

Couples, hommes seuls, femmes seules, familles au grand complet, vieux, jeunes, beaux, moins beaux : « un pan d'humanité que cette façade d'immeuble tout entière tournée vers moi », songe Hervé Cauvel.

Ce qui le surprend, c'est que plus ils s'agglutinent pour le voir, plus ils se font discrets, comme s'ils avaient honte de leur propre cupidité. Un silence contraint a peu à peu remplacé les éclats de voix, une attention sournoise l'hilarité de tout à l'heure. Le parfum de la femme au sari devient entêtant. Hervé refait un passage uniquement pour elle un verre d'eau à la main, approche une sorte de pouf, s'assoit et sirote son verre en regardant le vide. La femme plie sur la balustrade. Ses doigts effilés se crispent jusqu'à devenir blancs. Cauvel ressort pour se débarrasser du verre et revient avec un magazine. C'est alors qu'une fenêtre s'ouvre, à quelques mètres : « C'est bientôt fini ces cochonneries! » hurle une voix d'homme.

Hervé Cauvel, assis cuisses ouvertes, sexe pendant, retient un bond et rentre la tête dans son journal, le cœur en chamade. Tout peut se gâter. Il a veillé à centraliser ses affaires. Il aura vite fait, s'il le faut, de se rhabiller, de disparaître.

Le nez dans la revue, il n'ose aucun geste. Il tourne les pages, s'efforçant à la nonchalance, s'interrogeant intérieurement sur l'endroit d'où la voix est venue, la voix de la réprobation, du scandale, si décisive pour les secondes à venir.

Il entend qu'on parlemente.

Hervé ne saura pas ce qui s'est dit en face. Quoi qu'il en soit, la fenêtre finit par se refermer sur quelques protestations où la conviction rend les armes. Il a gagné. Il sent de nouveau sur lui, à travers le journal, la muette supplication de dizaines d'yeux gloutons. Ce sont ces yeux encore qui lui arrachent le magazine, le font se relever, s'étirer, se gratter le pubis et reprendre ses allées et venues, parfaitement à l'aise maintenant, tandis qu'en face, la gêne à l'inverse gagne du terrain, une gêne égale au plaisir ressenti, celle de ne pouvoir en aucun cas renoncer à un spectacle qui devrait révulser. Il parierait que l'homme aux « cochonneries » n'est pas le moins assidu.

Hervé Cauvel a une pensée tendre pour Berthe. Il la tient, son extase. L'extase du paradoxe : ces gens qui voudraient profiter ingénument, impunément d'un exhibitionniste, ce sont eux qui s'exhibent le plus. Ils s'exhibent en curieux, en voraces. Ils s'exhibent de la manière la plus dégoûtante : hypocritement. C'est pourquoi Cauvel les tient à sa merci. Ce sont ses jouets, ses instruments, d'obscènes insectes en ponte de luxure, pantelants de l'envie de voir, des ripailleurs du regard, qui se croient incognito. Debout, assis, tapis dans la nuit, leurs yeux fouillent l'obscurité. Leurs bras, leurs corps aussi se tendent vers l'homme nu. Ils l'appellent en silence, l'implorent pour qu'il reste encore. Leurs yeux puent d'images contenues, retenues. Ils empestent d'un désir aux relents de cachotterie. Ils souillent tout l'immeuble de leur convoitise honteuse. Chacun bave de l'envie de voir sur le balcon de l'autre; toutes ces belles terrasses fleuries sont autant de lieux d'aisances pour leurs regards salaces. Mais qu'est-ce qu'ils croient donc? Qu'il va bander?

Jamais. Pas plus là que sur la plage. Voir, être vu n'a jamais fait bander Hervé Cauvel. Bander, à la rigueur, c'est pour le gros tas attendrissant de Berthe. Voir, être vu, c'est la revanche, c'est tout. Cauvel les tient. Cauvel les condamne. Cauvel les condamne à le voir lui, et à en redemander. Enfin Cauvel les condamne au pire : au flagrant délit de reluquage. Car Hervé ne connaît rien de pire que d'être condamné à voir, rien de pire que d'être condamné à être vu en train de voir. Non, rien de pire...

— *Allons, mon garçon, je vais devoir t'attacher si tu fais le vilain, je te préviens!*

*L'homme blanc est obligé de remettre pour la seconde fois l'objet de métal lourd et froid. La morve d'Hervé coule sur ses genoux. Il voudrait bien jouer avec avant qu'elle ne sèche mais ça se présente mal. L'homme en blanc paraît à bout de patience. Il appelle son assistante, une certaine Marielle. De Marielle Hervé reçoit une odeur d'aisselle et le poids de deux battoirs sur ses mâchoires où elle finit par prendre appui en dérapant sur les larmes qui continuent de ruisseler.*

— *Docteur, vous ne pensez pas que?...*

*Hervé se dit, à la voix de sa mère, qu'il y a de l'attendrissement dans l'air. Il en profite pour sortir de son*

*gosier un hurlement, comme le chien des voisins d'apparte-*
*ment à Paris quand leurs maîtres tardent à rentrer.*

— *Je vous en prie, Madame, je connais mon métier!*
*Soyez assez aimable pour attendre au salon. Je vais*
*m'arranger seul avec cet enfant, croyez-moi, c'est préféra-*
*ble.*

*Hervé perd son dernier espoir. La robe grenat se*
*rapproche, balance assez près de l'enfant pour qu'il cherche*
*à l'agripper mais elle s'esquive, recule. Hervé entend*
*distinctement les froissements du tissu jusqu'à la porte, des*
*froissements de tendresse vaincue. Il entend de la plainte*
*dans ces froufrous de robe qui s'éloigne sans offrir son*
*secours.*

*Hervé est seul face à l'homme blanc : Hervé est seul*
*face à la vie.*

*L'homme blanc renvoie Marielle. Hervé frictionne ses*
*mâchoires. L'homme blanc libère les genoux d'Hervé.*
*Hervé frictionne ses genoux. L'homme blanc essuie le*
*visage d'Hervé. Hervé pousse un soupir et retrouve sa*
*respiration. Silence.*

— *Hervé, écoute-moi, tu es un grand garçon maintenant,*
*et l'homme blanc parle longtemps, longtemps. Hervé*
*regarde cette chose qui se convulse. Il sait que c'est par là*
*qu'on parle, qu'on mange et qu'on embrasse. La bouche*
*parle. Elle dit qu'après ce sera bien mieux ainsi, bien plus*
*beau « qu'avant » et même « très amusant ». Mais pour*
*cela, il faut accepter le métal lourd et froid et bien ouvrir*
*les yeux. Silence.*

*Hervé est fatigué. Il a envie de dormir. Alors il fait*
*« oui » de la tête, par épuisement. L'homme blanc rit d'un*
*rire bête. « On dirait que ce serait pas pour de vrai »,*
*pense Hervé en fermant les paupières.*

Sans broncher, son nez reçoit l'objet de métal lourd et froid.

— Ouvre les yeux, maintenant, Hervé. Ne fais pas semblant de dormir. Ouvre les yeux!

Quand c'est pour de vrai, on obéit toujours, c'est pas grave d'obéir, c'est ce que Jacqueline prétend, pourtant obéir elle aime pas, Jacqueline!

Hervé se soumet.

« Plein les yeux ». L'expression : « plein les yeux », Hervé, en y repensant plus tard, sait qu'il l'a comprise à cette seconde même de sa nouvelle vie.

Fondant, tel un rapace sur la taupe, l'univers a saisi la rétine entre ses griffes, l'arrachant à la placidité, la quiétude du flou, brisant son idylle avec l'informel.

Volumes, couleurs, formes ne font pas de quartier : l'œil est violé, sans concession, violé du trop-plein des choses. La moustache de l'homme en blanc, l'entrée de ses narines, le grain de sa peau, le nœud de sa cravate, ses doigts velus où brille un anneau ont commencé le boulot puis, en vrac, tous les éléments de la pièce ont pris le relais de la violence. Luminaires, tableaux muraux, plantes grasses, pieds de tables, de chaises, pénètrent le regard, de force s'y introduisent, piétinent la molle candeur, saccagent la douce pénombre de toujours.

L'œil d'Hervé saigne de tant de charges, incapable de repousser d'aussi innombrables assaillants. L'offensive se déchaîne à chaque regard posé.

L'homme à la moustache, au gros nez, à la peau pleine de trous ne voit pas la blessure de l'œil qui suinte. Il rit. Il rit de ses dents jaunies, proéminentes, mouillées d'une salive putride où chaque poil de la moustache semble descendre s'abreuver.

— *Demandez donc à madame Cauvel de revenir, voulez-vous, Marielle!*

*Pour Hervé, ce sont les dents qui parlent, le bloc jaune des dents.*

*Et la rétine qui continue d'encaisser les coups, d'ingurgiter, sans bien réaliser qu'il suffirait de fermer à nouveau les yeux pour que se referme aussitôt la béance, que s'arrête la profanation car c'est pour de vrai tout ça, même Jacqueline serait obligée de l'admettre. C'est pour de vrai!*

*Derrière son dos, un bruissement de robe, celui de la robe grenat, reconnaissable entre tous. Sa mère s'approche.*

*Hervé alors se souvient qu'il peut fermer les yeux. Quelque chose d'ailleurs lui dit qu'il le doit, absolument et tout de suite. « Yeux fermés, Hervé! »*

*Le noir caresse l'intérieur caché du regard. Apaisante est cette caresse qui déjoue toute intrusion. Hervé se laisse bercer sur ce lit de nuit...*


... Une nuit à peine troublée par les veilleuses murales de l'immeuble abîmé dans le sommeil. Hervé Cauvel aurait-il dormi ou rêvé si longtemps que le spectacle soit terminé? Il ne se rappelle pas s'être pelotonné dans le grand fauteuil du studio. Les balcons en face sont désertés.

Il ne reste plus qu'à éteindre les projecteurs, se coucher. Demain il trouvera une autre plage. Il s'y baignera sagement. Il pense à Claudine. Il lui faudra attendre lundi soir pour la revoir au vestiaire. Il prendra le car de 21 heures, le dernier, quitte à appeler un taxi à l'arrivée. Avec un peu de chance Edith sera déjà endormie, surtout avec cette chaleur.

Dans le car du retour, Hervé revit la « grande parade ». Toute la journée, sur la plage où il a rétrogradé dans l'anonymat, terré entre deux parasols, il s'est évertué à se remémorer l'événement, à en distinguer les impressions sans y parvenir comme si trop de réussite, trop de félicité étaient condamnées à l'irréalité par nature, comme si seuls les désagréments, les tourments de l'existence avaient droit à l'authenticité. A peine vécue, la « grande parade » est déjà reléguée vers les oubliettes du bonheur. Elle rejoint la liste impressionnante des nostalgies. Impossible aussi pour Cauvel de reconstituer la fin du spectacle, de mettre en équation logique le moment où un immeuble entier s'est abandonné à son pouvoir, à sa volonté, et celui où il s'est retrouvé roulé en boule sur le fauteuil sans plus personne pour le désirer...

En effet Edith dort profondément lorsque Hervé la rejoint dans la chambre. Il exhale de ses chairs blanches, flasques, une touchante confiance. Elle émeut ce mari fatigué d'émotions d'où elle fut exclue...

Au petit déjeuner des pensionnaires, le lendemain, Cauvel a la surprise de trouver à la même table sa Valentine et Raymond Binet apparemment remis de la crise arthritique. Elle porte la robe à pois rouges des grandes occasions. Quant à Binet, à voir la façon dont il attend qu'elle lui beurre ses tartines, il est victorieux, c'est clair. Elles réjouissent Cauvel, ces amours sénescentes!... Elles

ont la chasteté trouble des passions de l'enfance
quand le sexe, par principe saugrenu, déplace sur
les sens son surplus d'émoi.

Binet jette une œillade complice à son directeur,
du genre : « Je te raconterai, l'ami, comment je
suis passé du trou dans le mur de la chambre à
cette conquête conjugale. »

Berthe ce matin se laisse carrément peloter par
pépé Albert. A chaque fois qu'il revient de week-
end, elle se venge ainsi d'Hervé Cauvel comme si
elle avait l'intuition des obscures trahisons de son
patron.

Cauvel choisit la table de madame Morisset
pour prendre son café. Son radotage le détend.
Cauvel la met sur les rails avec un sujet d'actualité
et la vieille locomotive se lance. Les hochements de
tête du directeur lui servent de combustible. Il ne
lui en faut pas plus. Quand Hervé se lève de table,
la locomotive continue sur sa lancée un certain
temps sans interlocuteur, puis la machine s'arrête
ainsi qu'elle était partie, en soufflant bruyamment
jusqu'à ce qu'une bonne âme la remette en
route.

Hervé Cauvel guette l'arrivée de Claudine.

Une idée farfelue le traverse : il aimerait raconter la plage et la « grande parade » à Claudine, se
confier à elle. Quelque chose – peut-être la façon
qu'elle a de le regarder derrière les lunettes avec la
droiture, l'aplomb de ceux qui peuvent démêler
d'emblée la complexité des êtres – quelque chose
lui dit qu'elle comprendrait.

Claudine entre. Elle s'est fait aimer déjà de ses
vieux protégés : chacun espère l'encouragement, le

mot doux du matin. Elle va de table en table, distribuant les médicaments.

Hervé l'attend. Elle vient à lui, le salue. Hervé se lève, serre sa main et lui abandonne ses yeux. Elle s'en empare, les pèse, les soupèse, tel un joaillier à qui l'on proposerait un diamant et enfin les lui rend avec un sourire si franc que Cauvel se trouve tout penaud d'en avoir proposé l'expertise.

Les récits de la plage, de la grande parade, elle donne l'impression de les avoir vus dans l'instant. Hervé Cauvel, en approchant cette femme, se vide de tout mystère, de tout secret. Il y trouve autant de soulagement que de dépossession. Ça le déconcerte. Cauvel sent à nouveau la lassitude l'envahir, celle des lendemains de fête quand on se demande « à quoi bon? ».

Il aurait bien voulu échanger des confidences d'hommes avec Binet mais le « jeune fiancé » ne lâche pas Valentine d'une semelle. Il l'a même surpris en train de lui proposer son aide pour rouler les pelotes de laine. Quant à son philosophe de Rodin, Cauvel n'a pas pu lui soutirer un mot : il est d'humeur méchante. Il ne reste plus à Cauvel que les occupations administratives, en attendant le vestiaire de 18 heures et les ablutions possibles de Claudine.

Berthe a servi les Cauvel sous la véranda. Hervé, déprimé, se fait apporter une carafe de rosé et la petite, qui pense que c'est bon signe pour elle, se trémousse en lui versant une copieuse rasade de vin. La mélancolie d'Hervé lui donne de l'esprit et, chose rarissime, de l'initiative à l'endroit d'Edith.

Hervé lui propose de lui-même une sieste. Edith rougit, accepte la proposition, intimidée comme une pucelle. Hervé Cauvel a lutiné sa femme une bonne partie de l'après-midi. Il en sort rasséréné et plutôt fier, pour une fois, d'avoir dirigé l'assaut.

Attendre l'heure du vestiaire en prenant le thé n'est plus qu'une formalité. Le visage de Claudine le taraude. Hervé ne cesse de s'interroger sur ce regard trop habile à le dénuder et sur ses raisons à lui de s'en alarmer et d'y aspirer.

Aller au rendez-vous l'attire et l'effraye comme si celui-ci se chargeait d'une solennité inhabituelle. Espionner Claudine, ce n'est pas comme espionner Berthe. Cauvel n'est pas certain d'en vouloir aux mystères de son intimité.

Certes, il veut la surprendre malgré elle mais qu'elle se dévête ou non, peu importe. L'envie d'épier Claudine est distincte de l'envie de la voir nue. Il pourrait passer des heures à la regarder lire par exemple, persuadé qu'il y trouverait un message pour lui-même, comme seuls peuvent les transmettre les êtres qui vous ressemblent.

En Berthe, Hervé Cauvel a trouvé une comparse, en Claudine une manière de sœur aînée.

Ainsi songe Hervé en gagnant son poste.

L'œil à l'ouverture, il la voit bientôt entrer. Elle fredonne. Hervé frissonne.

« Comme un p'tit coquelicot... »

Cet air qu'elle chantonne lui est familier.
Il le connaît.
Claudine retire sa blouse et l'accroche à la porte

du vestiaire. Elle est nue jusqu'à la taille. Sa
poitrine menue, presque inexistante, se détache à
peine sur le torse d'un beau brun. Grâce aux
miroirs Claudine se démultiplie en autant de cous,
de bras, d'épaules, de seins qu'il est possible.
Cauvel peut la saisir sous tous les angles... Il
devrait s'émouvoir devant ces seins dévoilés. Mais
il les regarde sans les voir. Il vibre tout entier à
l'air que chante Claudine où il est question d'un
champ de blé, d'un corsage blanc.

Dans un geste qui lui est coutumier, Claudine
mouille d'eau fraîche ses aisselles, puis sa nuque au
plumage d'oiseau. Et la chanson comme vivifiée
par l'eau prend son élan :

> « La première fois que je l'ai vue,
> elle dormait à moitié nue... »

Hervé défaille. Il reconnaît la chanson, la chanson préférée de sa mère...

*... Au frou-frou de la robe grenat se joint maintenant
cette odeur du lourd parfum qu'il connaît trop bien pour
l'avoir tant de fois bue à pleines narines, dans le creux de
l'étoffe, le visage enfoui pour pleurer, pour rire, ou les deux
à la fois.*

*Hervé continue de fermer sauvagement les yeux dans la
cage de fer qui les emprisonne. « Mon chéri... » La main
de sa mère saisit l'une de ses menottes et la presse contre le
tissu à l'endroit où deux vallons se rencontrent. Là aussi
Hervé a bien souvent enfoui son visage pour pleurer ou rire
ou les deux à la fois, en écoutant cogner un tambour*

*lointain semblable à celui que Jacqueline lui fait entendre
quand ils jouent à la dînette.*

— *Viens avec moi, Hervé... Viens, mon trésor.*

*Hervé se laisse tirer. Il descend du tabouret, marche,
guidé par sa mère, les yeux résolument clos. Près de son
oreille, la robe crisse. C'est un crissement d'impatience, un
crissement de joie contenue.*

— *Voilà!*

*Sa mère s'arrête. Hervé également.*

*Elle lâche la menotte. Deux secondes de panique. Mais
Hervé sent sa mère postée derrière lui. Elle appuie ses
mains sur chaque épaule, des mains fermes, autoritaires :*

— *Maintenant, Hervé, tu ouvres les yeux, d'accord?*

*Hervé serre ses poings pour mieux tenir fermés les yeux.
Il serre tout ce qu'il peut serrer de son corps. La clôture
doit être absolue.*

*Il se souvient des dents douteuses de l'homme en blanc,
des narines obscènes, de la pénétration odieuse des objets,
des yeux violentés...*

— *Et maman, tu ne veux pas la voir, ta maman qui
t'aime?*

*Hervé desserre d'un cran toutes les fermetures. Oui,
maman, il voudrait bien la voir!*

— *Et Jacqueline qui va venir goûter à la maison, tu ne
veux pas la voir, Jacqueline?*

*Hervé desserre d'un autre cran : oui, Jacqueline, il
voudrait bien la voir aussi.*

— *Et Hervé, tu ne veux pas le voir, Hervé?*

*Les paupières papillonnent.*

*Sur ses épaules les mains se font pressantes, plus
pressantes encore que la voix... Faiblement les paupières se
relèvent.*

*Puis d'un coup Hervé ouvre les yeux...*

Encore la voix de Claudine. Elle reprend :

« La première fois que je l'ai vue... »

La voix module. Chaque mot pèse lourd, très lourd.

La vue d'Hervé s'embrouille et se mouille. Il ôte ses lunettes. Claudine n'est plus qu'une silhouette.

Claudine n'existe plus que par cette phrase incantatoire.

Claudine se réduit à cette lichette de chanson lacunaire. Lui se cramponne à la porte. Un puits l'attire aux margelles du passé. Au fond – car il y a un fond – l'eau est claire. On peut s'y voir, si les larmes d'Hervé cessent d'en troubler la surface.

On s'y voit comme dans un miroir...

*... Un ovale lactescent, un front de satin entre deux rideaux de chevelure brune, un nez perlé de rectitude, une bouche céleste qui garde secrètes les dents, des yeux portés à l'incandescente tendresse.*

*« Mon chéri »... dit la céleste bouche.*

*Sa mère...*

*A la voix, au tissu grenat de la robe se conjugue maintenant ce visage inédit, confondant de grâce.*

*Hervé avance d'un pas vers le miroir. Il tend une main pour toucher cette merveille d'amour.*

*Sa main heurte une paroi lisse, glacée.*

*C'est alors qu'il découvre, à sa hauteur, se détachant sur fond grenat quelqu'un d'autre, un personnage inconnu, tout petit. Un autre visage. Tout petit.*

Mais est-ce un visage que cette balle chiffonnée de chagrin, qu'une clôture de fer hideuse outrage en plein milieu et d'où, sauvée de justesse, une bouche d'enfant tente de s'arracher en lambeaux de détresse?

*Le Fou du palais*

– Vous êtes certain qu'on ne la verra pas?

– Absolument, mon cher Roubet. Je l'ai placée au-dessus de l'oreille. D'ici quelques jours les cheveux l'auront dissimulée, n'ayez crainte.

– Et on la sent?

– Oui, si on met la main dessus, bien sûr. Elle est à fleur de peau. Mais j'ose espérer que vos collègues de l'EDF ne vous passent pas systématiquement la main dans les cheveux et que vous réservez ces privautés à votre épouse, charmante d'ailleurs!

Malgré lui, André Roubet a rougi, puis rougi d'avoir rougi (les cuisses effrontées de Marie José Desgranges, l'animatrice responsable des activités culturelles de l'entreprise, traversent le décor).

Le professeur Joutard, son chirurgien neurologue pousse la sympathie un peu loin mais, avec les médecins de cette notoriété, on n'a d'alternative que la froideur pontifiante ou une familiarité qu'autorise sans doute leur ingérence dans ce qui vous est le plus intime. A choisir, Roubet préfère la seconde méthode.

Il toussote pour avoir l'air de rire. Au fond se comporte-t-il différemment lui-même avec ses subalternes de bureau? Ici il n'est plus le patron : rien qu'un malade parmi d'autres, « le trauma épileptique de la chambre 338 ».

« Epileptique »... mot gênant. Il lui rappelle une affiche de la communale exhortant à l'hygiène des troupes, où l'on voyait un garçon dépenaillé se jeter par terre sous les yeux horrifiés de ses camarades, l'écume aux lèvres et les prunelles révulsées, en proie à une crise héréditaire, juste châtiment de siècles d'éthylisme.

Le père Roubet, Dieu ait son âme (encore que ce ne soit pas un cadeau), n'ayant jamais bu que de l'eau, ce qui ne contribua pas à le rendre fréquentable puisque le fils n'a retenu de son enfance qu'une longue marche dans l'ennui à peine distraite par quelques raclées de pure forme, le père Roubet, donc, n'est pas à incriminer, ni lui ni ses gènes.

On s'explique mal comment un accès d'épilepsie a pu survenir à l'âge de 50 ans et en plein Conseil d'administration, par-dessus le marché. C'est la crainte de la voir se reproduire qui a convaincu André Roubet de l'opération, paraît-il très efficace surtout si on la complète de séances de cicatrisation par stimulation électrique. D'où l'électrode placée dans le cerveau et accessible de l'extérieur. D'où les inquiétudes de Roubet sur la discrétion du procédé.

On frappe à la porte. Madame Roubet Mauricette entre, précédée de ses rondeurs et de paniers à provisions, les seconds expliquant les premières.

– C'est bien ce que je disais : charmante! Mes hommages, chère madame. A demain, Roubet.

Le médecin s'éclipse en se retournant pour juger des formes vues de dos : « Pas mal non plus! » pense-t-il. Madame Roubet est son type, comme on dit.

Mauricette étale un baiser charnu sur le front de son mari et s'assoit près de lui. Pour une fois qu'il est impotent, la tête bandée, condamné à son lit, elle ne va pas laisser passer l'occasion de le chouchouter. L'aubaine.

Dès que la femme de service apporte le plateau du déjeuner, le grand jeu commence : trêve de roucoulades. Mauricette, avec un sens de l'organisation qu'André voudrait trouver chez ses employés – à telle enseigne qu'il s'est demandé souvent si des stages de cuisine ne seraient pas plus rentables pour leur formation que des études comptables –, Mauricette prend la situation en main.

Elle vide les assiettes dans une boîte en plastique spéciale, les lave dans le cabinet de toilette, les essuie avec un torchon propre et remplace « l'infamie » (c'est son expression) par sa propre fabrication qui, sans être franchement mauvaise, ne justifie pas, selon André, tant de dérangement.

Ce n'est pas que Mauricette cuisine mal mais elle n'a aucune compétence, aucun don pour cette tâche que son mari en revanche place en tête des arts, particulièrement depuis que sa position sociale lui a ouvert les restaurants d'affaires de renom dont il se rend compte qu'ils légitiment à

eux seuls tous les efforts déployés depuis trente ans
pour grimper dans la hiérarchie.

André est un gourmet sur le tard (les plus
exigeants, dit-on) du genre osseux (les plus avides).
Avec Mauricette, il se sent nourri. Point. Elle
l'alimente, elle ne cuisine pas, même si le temps
consacré à ce labeur pourrait le laisser espérer.

Il n'aurait pas détesté faire l'expérience de la
nourriture de l'hôpital, pour voir. Qui sait, grâce à
elle, celle de madame Roubet eût peut-être gagné
comparativement quelques points?

Mais peiner Mauricette, l'exemple même de la
dévotion conjugale, serait aussi déplacé que d'exi-
ger d'un caramel qu'il soit moins sucré et moins
mou. Le seul enseignement qu'André a retenu de
l'ineptie de son enfance, c'est de veiller à ne jamais
contrarier la nature des choses et qui plus est des
êtres. Ayant épousé cette femme autant pour son
insignifiance que pour son caractère aimant, de
quel droit réclamer, sous prétexte que lui a affiné
son palais, qu'elle se métamorphose en cordon
bleu?

Voilà ce qu'il se raconte, Roubet, en mâchant
dans une sorte de bœuf aux légumes en gelée qui
lui fait dresser les cheveux sous le bandage. La
dernière cuillerée de purée aux courgettes avalée, il
demande grâce pour le flan aux pruneaux, l'obtient, parce qu'elle est compréhensive, Mauricette,
et implore une sieste de grand opéré. Il faudra bien
cela pour se préparer au dîner dont elle lui a déjà
trop parlé pour qu'il ne tremble pas à l'avance.

Trois jours plus tard André Roubet est libéré de
l'hôpital et des repas-paniers à l'arrière-goût de

plastique et de métro, Mauricette se refusant à recourir aux taxis par vocation au sacrifice, une qualité qu'il serait peut-être temps de classer en tête des défauts les plus pernicieux...

Avant de quitter l'hôpital, il a passé près d'une heure à examiner la sortie de l'électrode. Au centre d'une petite pastille de mastic qui boursoufle le cuir chevelu, l'orifice de la prise – puisqu'il faut bien l'appeler ainsi – ne dépasse pas la taille d'une tête d'épingle. Il est vrai que c'est discret mais enfin c'est un trou, un trou qui mène droit au cerveau. Désagréable idée...

Mauricette, qui a la balourdise de sa franchise, ne cache pas qu'elle trouve cela effrayant et, sans comprendre qu'elle ruine le moral d'André, elle s'est mise à lui raconter dans le détail des scènes de films d'horreur à la Frankenstein où un pauvre bougre devient la victime d'un homme de science, ami intime de Satan, et finit dans d'atroces convulsions. Roubet a renvoyé sa femme à ses fourneaux et s'est couché sans manger, un coup dur pour la cuisinière lancée depuis le matin pour fêter le retour de l'époux dans la confection du lièvre à la royale façon Bocuse.

Mettant au compte de l'anesthésie et du choc opératoire son manque d'appétit, André a conjuré Mauricette de ne lui préparer que des grillades et des salades pendant sa semaine de convalescence, et le chat n'a pas été de trop pour le soulager d'une partie de cette nourriture dont il est difficile de croire qu'elle puisse être rendue à ce point immangeable étant donné l'excellence de leur boucher.

Pendant cette interminable semaine, Roubet a regardé pousser ses cheveux au-dessus de son oreille gauche comme un jardinier ses pelouses, téléphoné au bureau afin de s'assurer qu'il est bien irremplaçable, à Murol l'un de ses collègues en « débauche » pour connaître la nouvelle carte de « La mère Francine » et à Marie José Desgranges pour faire le point sur l'état de leur désir réciproque. Tout va pour le mieux. Il s'est fait aussi un complice bêtement ignoré jusque-là, en la personne, si l'on peut dire, de Cicéron, digne représentant de la race féline, châtré autant de ses testicules que de finesse culinaire, à croire que les deux choses ne sont pas étrangères.

La prévenance de Mauricette, omniprésente, l'ensuque mais André lui doit beaucoup. Elle colmate les interstices où pourrait s'infiltrer l'appréhension, avec un sirop, une pâte, plus résistants que n'importe quel ciment, et il en redemande à chaque fois qu'il se met à penser au rendez-vous du chirurgien pour la première séance d'électrostimulation. Celle-ci est fixée au vendredi qui précède sa reprise du travail.

Quand le jour arrive, Roubet a tant abusé de la douceur de sa femme qu'il a l'impression d'avoir été coulé dans un bloc de meringue ou bien sculpté, comme ces figurines en pain d'épice qu'on trouve dans les fêtes foraines avec des rubans de taffetas autour du cou. « Je pourrais fondre », se dit-il en attendant son taxi à l'abri de la pluie sous la porte cochère. Il est parvenu à dissuader Mauricette de l'accompagner.

Dans la voiture, il retrouve, grâce au chauffeur

maghrébin, la verve condescendante par laquelle
on reconnaît les hommes de fer, une matière quand
même davantage appropriée à sa condition que la
sucrerie.

Son col de manteau relevé sur les tempes, le
visage anguleux, sec comme un ordre, il salue avec
une supériorité déplacée les infirmières qui l'ont
lavé, pansé. Il est déjà moins fier dans la salle de
soins privée du professeur Joutard et carrément
tremblant quand on l'allonge près d'une série de
machines un peu trop dans l'esprit des fantasmes
cinématographiques de l'excellente madame Roubet.

Le professeur Joutard entre, suivi d'une clique
de jeunes gens aux blouses aussi immaculées que
leur expérience. Ils trouvent le moyen d'imiter de
Joutard la pire part de Joutard : sa suffisance, qui
insupporte Roubet chez autrui alors qu'il la prati-
que du matin au soir au centre EDF de Montbazin, sauf avec Marie José bien sûr.

– Bonjour, mon cher Roubet. Messieurs, en-
chaîne Joutard sans attendre la réponse de son
patient, Messieurs et... Mademoiselle! (parmi la
clique, une blouse différemment remplie des autres
blouses laissant en effet supposer qu'il s'agit là
d'une femme, encore une femme du type du
patron) la stimulation par microcourants est,
comme vous le savez, une méthode relativement
récente pour traiter les altérations du cerveau en
phase post-opératoire...

Roubet examine les appareils. Son passé d'ingé-
nieur rodé aux manipulations techniques ne le
rassure en rien. Il préférerait ne pas comprendre...

« épileptique... électrode... prise femelle... » Joutard poursuit tranquillement ses explications.

Ce que retient André, c'est qu'il va être branché
comme un vulgaire grille-pain par un fil relié au
cerveau et principalement que « la méthode est
relativement récente ». Autant dire qu'il joue les
cobayes dans une expérimentation dont personne
ne mesure en réalité les conséquences. Mauricette
avait raison. D'ailleurs Joutard a un air pas catho-
lique. Une lueur démoniaque passe dans son
regard. Les jeunes gens sont déjà évidemment sous
influence, particulièrement la fille déjà pâmée
devant le patron.

— Calmez-vous donc, Roubet! Je vous l'ai dit :
le procédé est indolore et le courant si faible que
vous n'en aurez aucun effet!

André Roubet ferme les yeux. Une dernière
pensée pour Mauricette avant que son cerveau ne
se transforme en toast. C'est Marie José Desgranges qui vient. Bon, ce n'est pas très moral de finir
ainsi mais son père le lui a suffisamment inculqué :
ne pas contrarier la Nature...

On touche à quelque chose au-dessus de son
oreille.

— Ouvrez les yeux, Roubet! Un peu de cran,
mon vieux! Vous n'allez pas me dire que vous avez
mal; la séance doit durer une vingtaine de minutes.
Ça va?

André interrompt ses voluptueux adieux avec
Marie José.

— Oui, oui... Ça va, docteur...

On ne voit pas pourquoi ça n'irait pas : il ne
sent rien, rien du tout. Il aperçoit seulement un fil

rouge près de sa tête et, sur l'appareil le plus proche, une aiguille qui oscille gentiment.

La clique est au garde-à-vous, autour de la table de soins. Joutard précise le fonctionnement des instruments. L'ésotérisme du jargon médical ne manque pas d'éblouir la jeune interne. Chaque terme compliqué du grec fait croître son ravissement, l'érotise. Joutard qui le sait ne s'en prive pas. Il l'enfourche de son savoir et la chevauche de tout son poids à grands coups de science. Roubet commence à se détendre...

D'abord il n'y a pas prêté attention. Il a pensé que l'impression lui venait des odeurs de cuisine de l'hôpital. Un vague fond de béchamel sur la langue, cela peut arriver pour peu qu'on ait un peu faim et qu'on soit sensible à l'environnement – mais le goût s'accroît tellement qu'il juge nécessaire d'en faire part :

– Docteur. J'ai un goût de béchamel vraiment fort dans la bouche! Euh... c'est normal?

– Un goût de béchamel? Tiens, tiens...

Joutard s'arrache à regret de son coït lexical, manipule un bouton de métal sur l'une des machines. Ce bouton, Roubet ignore encore le rôle crucial qu'il va prendre dans son existence...

La béchamel lui arrive à grandes lampées associée maintenant à un goût de chou-fleur sur fond de gratin, un plat de l'enfance, un plat que confectionnait sa mère avant que Dieu ne l'appelle à lui plutôt que son mari, sans se préoccuper de savoir si l'inverse n'eût pas été de loin préférable, le petit André étant alors âgé de 6 ans et la mère d'une saine gaieté.

Le professeur Joutard semble très excité tandis que son patient lui décrit par le menu (c'est le cas de le dire) ses impressions gustatives. La jeune interne reprend ses esprits, s'incline devant la Science. Plus de gaudriole. Le patron se trouve là devant un « cas » inattendu et pour un médecin un « cas », c'est à peu près pour un archéologue la découverte d'un étron fossilisé de dinosaure ou pour un éditeur celle d'une lettre inédite de Marcel Proust à son dentiste. Un « cas », c'est la rencontre du possible avec l'impossible, du fortuit avec le rêve...

Le neurologue galope d'un appareil à l'autre comme un gamin à qui on viendrait d'offrir un jouet nouveau. La clique conserve l'attitude de dignité méprisante que le patron a oubliée, tout à sa joie.

– Docteur?... intervient Roubet, du gratin plein la bouche, pourriez-vous m'expliquer...

André devrait pourtant avoir compris qu'en principe un médecin qui explique n'est plus un médecin mais la juvénilité soudaine de Joutard lui paraît de bonne augure pour oser ce qui ne s'ose pas. En effet, Joutard ne se dérobe pas.

– Eh bien, mon ami, nous sommes vous et moi dans la situation d'une expérimentation involontaire. Voyez-vous, à quelques millièmes de millimètres près, l'électrode, placée dans votre cerveau, aurait pu n'avoir aucun effet secondaire. Or il se trouve qu'elle touche à une zone sensorielle où sont captés normalement les messages qui peuvent avoir un rapport avec le goût. En stimulant cette zone, nous envoyons donc à votre cerveau une informa-

tion qui vous est retournée d'une façon absolument
fictive sous forme d'une illusion gustative.

– Vous voulez donc dire, docteur, que mon
cerveau me communique directement des impressions de nourriture sans... sans la réalité de cette
nourriture?

– Oui. C'est bien ainsi. Je n'ai jamais eu affaire
à pareil cas et si vous n'y êtes pas opposé, mon
cher Roubet, je serais tenté de poursuivre dans les
semaines à venir de façon... disons plus... scientifique cette investigation, connaître quelles en sont
les variantes, les limites aussi. Cela ne compromet-
trait aucunement votre cicatrisation qui reste toujours la finalité de cette entreprise...

Roubet devient songeur – encore qu'il soit difficile de songer clairement quand on vous abreuve
de gratin de chou-fleur à la béchamel –, la clique
rit d'un rire jaune. Joutard pense au Nobel.

– Je vais y réfléchir, finit par répondre le
patient, mais pour aujourd'hui si vous pouvez
m'épargner la fin du plat de chou-fleur... Je n'ai
plus faim, merci!

Le goût a cessé dès qu'on a retiré la fiche dans
l'électrode au-dessus de l'oreille, du moins cessé
objectivement car en rentrant chez lui pour se
mettre à table, André l'éprouve encore, de manière
rémanente.

Mauricette réagit fort mal au récit de son mari.
D'abord parce qu'elle a préparé un chou farci et
qu'André manifeste impérativement son refus d'y
goûter, ensuite parce qu'elle voit se confirmer ses
prémonitions de cinéphile. Cicéron, lui, ne déteste
pas le chou farci.

Roubet reprend son travail le lundi, une façon
de couper court aux interrogations jusqu'à la
prochaine séance, fixée au vendredi suivant.

Sur la pile de dossiers encombrant son bureau, il
trouve deux bonnes surprises qu'il serait bien en
peine, même au Jugement dernier, de départager :
un mot doux de Marie José Desgranges lui fixant
un rendez-vous chez elle à 18 heures le soir même
et la carte de « Francine » pour la semaine en
cours, une attention de son confrère de la BNP,
Murol, qui propose des agapes pour le jeudi.

Ce lundi au bureau est à l'image de tous les
autres lundis, à un détail près : Christiane, la
secrétaire, est priée dorénavant de s'asseoir à la
droite de Roubet pour toute communication qui
exige qu'elle passe plus d'une minute à proximité
de l'oreille du patron.

Au déjeuner, Roubet se satisfait d'un pot-au-feu
et d'une tatin chez « Pierrot » en compagnie de
son chef du personnel. Il ne dit pas un mot de
l'électrode et reste évasif sur l'opération. Il ne tient
pas à ce qu'on établisse un lien entre la crise du
mois d'octobre dernier et cette « petite interven-
tion sans importance ». Il attend le soir, se prépa-
rant mentalement à la visite de Marie José, dont
c'est le jour de congé. A 18 heures, il sonne chez
elle.

Jamais, avant de rencontrer Marie José, André
Roubet n'aurait pu imaginer que l'intelligence
d'une femme puisse en remontrer à la beauté.
Cette intelligence, déteignant sur l'ingratitude des
traits, avait foudroyé le manque de grâce du corps.
L'extraordinaire vivacité de la jeune animatrice

(un métier qui lui convenait, ô combien, dans tous les sens du terme) lui donnait la chair de poule et parfois, un mot, une réflexion d'elle avait sur son désir plus d'effet que la plus pornographe des strip-teaseuses.

Habillée exclusivement pour se protéger des intempéries, marchant exclusivement pour aller d'un point à un autre sans jamais s'être posé le problème de mettre ou non de la féminité à ces activités, Marie José Desgranges, quand elle vous parle, rend explosive la moindre poussière de l'air. Auprès d'elle le fait même d'être en vie est déjà érotique comme si partager son discours justifiait l'existence et plaçait le désir à son sommet, à la jonction de l'esprit et du corps, Roubet ayant la chance lui aussi d'être gratifié des deux, ce qui n'est pas le lot de tout le monde.

Marie José, sans ostentation, dépose un baiser de plume sur la tempe d'André, à l'endroit de l'électrode, un baiser, dit l'heureux destinataire, qui à son tour pourrait bien se ramifier jusqu'au cerveau, porté par le courant du désir dont le voltage dépasse – c'est un patron EDF qui parle – toute évaluation mathématique.

Le récit du chou-fleur au gratin, repris par Marie José comme un thème à variations, « alimente » en bonne humeur leurs retrouvailles. Elle exhorte le cobaye à se prêter aux investigations de Joutard.

– Pourquoi pas? Tu es gastronome que je sache et un gastronome a des devoirs envers la science!... et envers moi!

Et la voilà qui se fait dévorer de baisers de la

tête aux pieds, ouverte et acidulée à merveille comme une baie sauvage qui aurait mûri sous un soleil marin tout imprégné d'écume.

Gastronome, hélas, il l'est en effet. Il en mesure la vérité deux heures plus tard devant son assiette remplie d'un ris de veau façon Trois-Gros. Il la termine, preuve qu'il a aussi un cœur, couvé par Mauricette dont il ne parvient pas à se dégoûter en dépit des tortures quotidiennes qu'elle lui inflige depuis qu'il a eu la maladresse de lui confier sa passion grandissante pour les plaisirs de bouche. Il s'en dégoûte si peu, de Mauricette, qu'il lui octroie les plaisirs légitimes qu'une femme peut espérer de son mari, à peine séché des embruns de Marie José et ce sans l'ombre d'une culpabilité, arguant du fait que l'amour est un des rares domaines où donner à l'un n'implique pas de prendre à l'autre.

Cicéron en a la preuve constante. A chaque fois, il se retire du couvre-lit douillet de la chambre conjugale, l'air désenchanté de celui qui comprend les lois irréductibles de la Nature, bien que celle-ci, aidée des humains, l'ait honteusement trahi.

L'attachement de Roubet à son épouse est inaltérable, soit, mais c'est un homme à bout qui entre chez « La mère Francine » le jeudi à midi.

Murol est là, à la table habituelle, ainsi que leurs deux autres compères, Pernet, directeur littéraire d'une obscure maison d'édition et Pontillac, notaire « de père en fils » qui noie dans le foie gras et la truffe le découragement de voir sa femme n'accoucher que de filles, la sixième datant du séjour de Roubet à l'hôpital.

Comme il est délicat de fêter la dernière-née, le
repas est dédié à l'heureux retour de Roubet,
« sauvé par miracle des griffes de la médecine »,
s'esclaffe Pernet solennellement en levant son verre
de Château d'Yquem aux reflets de topaze...
« Sauvé », André n'en est pas si sûr mais il garde
pour lui ses inquiétudes. Et puis l'heure est au
ravissement, à la magnificence. La mère Francine
s'est surpassée. Elle vient en personne recueillir le
prix de ses mérites, ses bonnes mains d'artiste
enfouies dans son tablier à carreaux comme si les
montrer c'était déjà livrer une partie de ses
secrets...

Galvanisé par Marie José mais rafraîchi par
Mauricette, Roubet a déjà décidé de ne se livrer à
la curiosité du professeur Joutard qu'avec des
garanties, celles d'en choisir et la forme et la
durée.

Etant entendu que le dîner du jeudi se résume,
après les pléthores de « Francine », à une soupe de
légumes que Mauricette apporte, la mort dans
l'âme, comme la ciguë à Socrate, rêvant d'une
recette de brochet à l'oseille façon Brillat-Savarin
dégotée dans un introuvable de la bibliothèque du
quartier, André Roubet se réveille le vendredi
aussi frais que dispos.

Mauricette en l'embrassant sur le palier a le
regard plein de sous-entendus de celle qui va vous
mitonner « quelque chose de... Enfin... tu verras, je
n'te dis qu'ça ! »

Le professeur attend son patient après le bureau,
en fin de journée. La frimousse de Marie José
Desgranges aperçue dans les couloirs, deux messa-

ges pleins d'humour rédigés de sa blanche main
découverts dans l'après-midi sur son carnet de
rendez-vous, apportent un peu de réconfort au
soucieux cobaye...

Joutard l'accueille chaleureusement, dans un
service déjà déserté par le personnel de jour. Seul
un assistant, un jeune boutonneux dont Roubet se
dit qu'il aurait mieux fait de se spécialiser en
dermatologie, se tient au garde-à-vous près des
appareils.

Roubet s'allonge sur la table de soins, assez
tranquille finalement.

On le branche. Joutard, très attentif à ses régla-
ges, donne ses ordres au boutonneux. Roubet se
concentre. Au bout de trois minutes, une première
sensation arrive. Du foie gras. Il la communique
aussitôt à Joutard. Le foie gras ne s'impose pas
d'un coup. Le goût lui parvient par vaguelettes
d'inégal élan, sous les arcades dentaires, vagues qui
au lieu d'aller et venir, comme le flux et le reflux
marin, clapotent inlassablement dans la grotte
naturelle que forme la bouche tapissée d'une langue hérissée de curiosité.

— Je varie l'intensité, annonce le neurologue.

Le foie gras qui était froid se met à devenir
chaud et s'enrobe d'une sensation nouvelle : celle
d'une brioche fondante.

— Je reconnais ! s'écrie Roubet, c'est le foie gras
en brioche de la mère Francine ! Hier, docteur, j'en
ai mangé pas plus tard qu'hier, au déjeuner ! Ça
alors !

L'illusion est hallucinante de précision. L'heureux homme est dans tous ses états. Il déglutit ses chimères, frénétiquement.

– Comment est-ce possible? Comment? bafouille-t-il entre deux bouchées fantômes.

Joutard sourit :

– La mémoire mon cher, la mémoire! C'est elle qui fait tout le travail. Ce n'est pas à vous que je vais expliquer la centralisation de l'énergie, ça marche comme votre centrale EDF, le cerveau. Je touche probablement ici à une partie superficielle du « magasin » où sont rangées vos sensations, d'où ce souvenir si récent.

– Mais... vous croyez que je pourrais refaire le déjeuner complet, docteur? (Roubet pense secrètement au gratin d'écrevisses, à la mousse de pigeon sauce framboisine, au rouget glacé au miel et aux truffes de chocolat blanc de la mère Francine.)

– Vous m'en demandez beaucoup, mon vieux! Je ne suis tout de même pas branché directement sur le fourneau de votre mère Francine! Mon clavier se limite à deux variantes : l'intensité et le rythme. Il faut voir, précisément.

Il indique de nouveaux chiffres au boutonneux qui prend des mines écœurées, indiquant clairement par là l'origine hépatique de son triste épiderme.

André Roubet sent le foie gras qui rend l'âme. Il serait bien resté quelques minutes de plus à savourer impunément ce qu'il faut bien considérer comme l'un des grands exploits de notre civilisation...

Mais Joutard et Roubet, liés par un pacte commun, ne se retrouvent pas de 5 à 7, l'heure de

la clandestinité par excellence, dans une salle
désertée de l'hôpital, pour les mêmes motifs. Deux
démons se côtoient qui n'ont rien à se dire : celui
de la science assortie d'ambition d'un côté, celui de
la gourmandise pure de l'autre. Les extases culinai-
res de son patient, Joutard s'y intéresse modéré-
ment, cela paraît évident.

Roubet n'a pas le temps d'aller plus avant dans
ses réflexions qu'une puissante saveur de grillade
lui chatouille les papilles.

De même qu'un projectionniste fait le point
pour obtenir la netteté de l'image sur l'écran, le
professeur Joutard, sur les indications de Roubet,
recherche l'exactitude de la sensation. Ses appareils permettent, parmi la multitude d'impressions
gustatives, d'en fixer une. Le boutonneux a la
tâche de noter cette approche et de traduire en
chiffres les efforts pour circonscrire telle ou telle
saveur. Parasitée par une multitude de sensations
qui défilent en vrac, Roubet voit se préciser la
grillade. Maintenant il l'a clairement en bouche : il
s'agit de cuisses de grenouilles.

– Que baragouinez-vous, Roubet?
– J'ai un goût de cuisses de grenouilles...
– Bon. Pouvez-vous préciser? Notez bien, jeune
homme, lance-t-il au boutonneux franchement
dégoûté.
– Euh... c'est vieux... j'étais scout. Nous avons
attrapé une grenouille avec... avec un camarade et
nous l'avons fait rôtir, pour les cuisses. Depuis j'ai
mangé bien des cuisses de grenouilles mais aucune
ne m'a donné ce goût. Ce goût particulier...

André Roubet est devenu écarlate. C'est qu'en

même temps que se précise la saveur des cuisses
grillées dans sa bouche, une autre impression lui
revient, celle des genoux d'Octave (Octave? oui,
oui, Octave, c'était bien son nom) contre les siens,
près du feu de bois. Genoux blancs comme ceux
d'une fille, genoux doux, imberbes, tiédis par la
flamme qui crépite à chaque fois que, des cuisses
minuscules de l'animal, pendues comme deux petites socquettes de bébé sur une corde à linge, des
gouttes de graisse pleuvent en jus odorant. Genoux
étreints puis baisés, le temps d'une cuisson, une
cuisson interdite...

– Roubet?
– Oui, docteur?
– Vous voulez qu'on interrompe, Roubet? Vous
êtes fatigué?
– Un peu, oui. Fatigué... Peut-être une dernière
expérience, si vous en êtes d'accord et on arrête.

André ne tient pas à terminer la séance sur cette
grillade qui le menaça longtemps des flammes de
l'enfer et empoisonna, il s'en rappelle maintenant,
les cérémonies de sa première communion des
âcres fumées du sacrilège.

Tandis que le professeur et ses acolytes procè-
dent à un nouveau réglage de leurs appareils,
Roubet s'interroge. Les festivités de bouche, il n'a
rien contre si celles-ci lui sont offertes telles quelles,
mais si elles font surgir, par association inévitable,
les circonstances dans lesquelles elles furent vécues,
voilà qui complique singulièrement l'épreuve. Il
n'est pas prêt, André Roubet, P-DG de l'EDF de
Montbazin, marié, sans enfant, sans casier judi-
ciaire, citoyen irréprochable, pourvu d'une maî-

tresse insoupçonnable, membre du club de golf et client régulier de « La mère Francine », pas prêt à feuilleter le catalogue des souvenirs dont certains ont disparu de sa mémoire présente pour d'excellentes raisons, notamment celle de vivre en paix avec sa conscience.

André Roubet est moins fatigué qu'agacé. Il espérait une aventure gastronomique, une quête initiatique du goût au travers de sa propre mémoire; il se retrouve en train d'exhiber de l'enfoui. Il n'a que faire des genoux d'Octave dont on peut parier d'ailleurs qu'ils sont aujourd'hui aussi velus que les siens! Cette expérience tourne au ridicule. Le mieux est d'en discuter avec Joutard et de s'en tenir aux séances minimales nécessaires à la cicatrisation.

A peine a-t-il décidé qu'une saveur convoyée par l'électrode lui clôt le bec. Pas de doute possible, il s'agit de coquilles Saint-Jacques, son fruit de mer préféré. Leur arrivée par vagues, jusqu'à cette embouchure naturelle du corps, convient admirablement à leur destin. Il les laisse s'échouer en douceur sur la langue qui semblait les attendre et se déroule sur le sable en fête des papilles.

— Coquilles Saint-Jacques, docteur!

— Parfait. Décrivez, Roubert, décrivez, que nous déterminions la position exacte du souvenir dans le cortex.

Roubet ferme les paupières, tout à la saveur, cadenassé sur elle.

Les coquilles sont proprement divines. Elles baignent dans une sauce au beurre à peine persillée, où pointe un mélange d'alcool fin et d'un très

subtil goût d'échalote et derrière, derrière cela un
délicat fumet de... mais bon sang, un fumet de
quoi?

– Roubet, vieux, vous dormez?

Oh non! Il ne dort pas, le vieux Roubet! Quand
les coquilles cèdent à ses dents elles libèrent l'essence de la mer la plus vierge qui rejoint aussitôt
dans la plaie de corail cette sauce enchanteresse à
l'arrière-goût de... mais de quoi, bon Dieu, de
quoi?

– Roubet?

– Pardon, docteur! Ecoutez... c'est une sensation pure, pure de tout souvenir. Un plat suprême.
Un plat céleste, sans attache, sans lien avec rien.
Mais il me manque un détail... Un détail de la
sauce m'échappe. Vous comprenez, docteur? Il me
le faut. Il me le faut à tout prix!

Le docteur Joutard et son boutonneux se regardent. Ils pensent à la même chose : ce type est un
fou. Un fou gentil mais un fou. Comment peut-on
se mettre dans de pareils états pour une sauce de
coquilles Saint-Jacques! Une folie douce qui pourrait bien justifier, après tout, un terrain épileptique, se dit Joutard.

– Soyez patient, docteur, restez sur cette intensité. Je suis sûr que je vais trouver! Et puis, c'est si
bon, si sublimement bon! Roubet se pâme. Son
plaisir est visiblement si intense que les deux
médecins en sont gênés.

Le boutonneux, qui a fait ses classes, disséqué
des macchabées, découpé des jambes à la scie, bref
qui s'est aguerri au stoïcisme du métier, est désemparé devant cet exhibitionnisme de la gourman-

dise. Sa peau bourgeonne de plus belle, au pau-
vret.

Joutard, lui, prend le parti d'en rire :

– C'est bon, Roubet, finissez votre assiette.
Ensuite on débranche.

André, nullement complexé par l'ironie de son
médecin, revient à ses délices. Quelle fierté résiste-
rait à la perfection de l'émotion qu'il est en train
de vivre? A quoi bon faire comprendre à ces deux
rustres la félicité éprouvée à la découverte de ce
plaisir absolu que rien, rien n'égale, pas plus à
table qu'au lit – quelle que soit la table, quel que
soit le lit –, comme s'il fallait que la bouche s'isole
de la chair et de la pensée pour se réaliser pleine-
ment, se découvrir dans la vérité nue d'une jouissance édénique? André sent qu'il s'allège, qu'il se
dissout même, autour d'une seule évidence : ces
coquilles Saint-Jacques au fumet mystérieux qui le
comblent sans que le reste du corps s'en mêle.
André est en amour avec sa propre bouche.

Roubet ne s'est pas rendu compte qu'on le
débranchait. Il a dit au revoir, quitté l'hôpital,
rentré sa voiture au garage et essuyé ses pieds sur
le paillasson dans un état d'irréalité totale, entièrement livré au goût des Saint-Jacques, acculé à lui
comme ces mouches qui continuent de voler l'une
sur l'autre, en plein coït amoureux, remplissant
l'air de leurs bourdonnements démultipliés et obscènes.

Mauricette l'attend avec un cœur rempli d'attention et un plat, hélas tout aussi rempli, de
matelote d'anguille. Mauricette est une impatiente
et c'est peut-être ce qui va sauver André : elle

l'assoit à la table de la salle à manger et le sert
avant que la panique ait eu le temps de le
paralyser et surtout que la saveur des Saint-
Jacques ne se soit estompée définitivement. En un
mot, André Roubet dévore les anguilles en matelote de sa femme en pleine orgie de Saint-Jacques,
même si celles-ci brûlent de leurs derniers feux.
Mauricette guette sur le visage de l'époux si difficile les signes de l'extase, les trouve et éclate en
sanglots de bonheur. On pourrait appeler cela un
couple heureux.

A la troisième assiettée, André recule : les
coquilles Saint-Jacques se volatilisent à grande
vitesse et il ne veut pas courir de risques inutiles.
Mauricette a eu son content et mijote déjà dans sa
tête le plat du lendemain.

Avant de s'endormir sur le bilan financier du
mois précédent, André Roubet repense à son aventure.

Aventure? Mieux vaudrait parler d'idylle...

Aujourd'hui, André Roubet a l'impression
d'avoir trompé Mauricette bien plus qu'en la
prenant dans ses bras encore tout chauds de Marie
José Desgranges. Ce plaisir solitaire, cette jouissance prolongée entre lui et lui n'ont pu se réaliser
qu'au mépris des autres, il en a conscience, de
même qu'il a déjà conscience que rien n'est plus
impératif maintenant que d'y accéder à nouveau.
Vendredi prochain est bien loin, trop loin, sans
compter le week-end où sa femme, encouragée par
son succès avec les anguilles, risque de se déchaîner
côté fourneaux.

André s'endort sur deux décisions : avancer le

prochain rendez-vous à l'hôpital et proposer à
Mauricette deux jours de tourisme quelque part,
c'est-à-dire n'importe où où elle n'ait pas accès à
une cuisine.

En se rasant le lendemain matin avant de mettre
le cap sur Vézelay, André caresse la boursouflure
qui se perd maintenant parmi les cheveux : ce petit
orifice « femelle » (tiens?) où viendra se ficher le
piolet de la volupté pendant la prochaine ascen-
sion. Il se voit déjà au sommet, la bouche au
nirvàna.

L'idée d'une échappée en amoureux a compensé
la déception pour Mauricette d'abandonner une
gigue de chevreuil qui n'aurait demandé qu'à
poursuivre ses gambades en forêts.

André est de ces hommes qui ont tant pris
l'habitude d'être obéis qu'ils ont les mêmes exigen-
ces de soumission dès qu'il s'agit d'eux-mêmes.
Roubet ayant décidé d'un week-end d'amoureux,
il se conduit donc en amoureux et, chose plus
surprenante encore, à force de zèle, il l'est. La
visite des pierres expédiée, les Roubet alternent
leurs ébats entre la table de la salle à manger de
grande qualité et le lit de la chambre à coucher de
grand confort.

Roubet est perspicace : être amoureux est une
saine activité lorsqu'on est préoccupé. Toute
l'énergie y passe et aussi ces émois qui, même s'ils
sont promulgués, n'en sont pas moins des émois à
faire délirer le temps, rétrécir les heures. Pendant
que le chevreuil se couvre de givre dans le congé-
lateur, le couple Roubet brûle entre nappes et
draps sous le regard déconcerté de jeunes Anglais

au champagne morne et à la cuisse plus froide que celle du chevreuil congelé.

Cependant, malgré sa bonne volonté et ses talents d'amant conjugal (un agencement rare), André Roubet ne parvient pas à se délier d'un certain petit fil rouge qui va de sa tête à une boîte carrée où frétille une certaine aiguille, une certaine aiguille dont l'impulsion, la pulsation presque organique répond à un certain bouton métallique qui lui-même a su ordonner l'une des randonnées les plus exaltantes qui soient parmi les dédales mythiques de la mémoire.

Tout en faisant un sort à la carte pourtant impressionnante de l'hôtel, tout en métamorphosant sa Mauricette en gourgandine insatiable, André revit secrètement l'épisode des coquilles Saint-Jacques, s'obsède, s'égare sur le secret de sa sauce. Il songe au pays de cocagne, à cette région de son cerveau si mal explorée et qui cache tant de trésors. Il arpente en rêve le labyrinthe où chaque sentier conduit à un festin. Il voudrait s'y perdre, y disparaître corps et biens, n'en pas revenir s'il le faut. Il a oublié la mésaventure de l'association cuisses de grenouille/genoux d'Octave. Seules demeurent les coquilles Saint-Jacques, symbole du souvenir parfait...

Les airs mystiques de son mari intriguent Mauricette. Même si elle a des doutes, elle ne peut pas croire qu'ils soient le fait d'une liaison clandestine. Elle connaît trop bien son André : quand il aime ses yeux ne chavirent pas au point de regarder ainsi vers l'intérieur de soi, comme vidés de leur substance. La brave femme pense juste. Elle parie-

rait que les séances du professeur Joutard y sont
pour quelque chose. D'ailleurs, sur ce sujet, André
garde un silence trop suspect pour qu'il n'y ait pas
du louche. Son André ne va pas bien, pas bien du
tout...

Le fait est que Roubet est en manque. Il halluci-
cine sévèrement sur ses coquilles Saint-Jacques.

De son bureau, le lundi après-midi, il appelle
Joutard, prétexte une démangeaison du cuir chevelu à l'endroit stratégique et arrache un rendez-
vous pour le lendemain. C'est une chance pour les
employés qui commencent à trouver le patron plus
survolté à lui seul que tous les compteurs de la
maison réunis et ne s'approchent de lui que munis
de paratonnerres. La secrétaire Christiane en est à
sa quatrième crise de larmes et entame le cinquième ongle de sa main droite.

Sur son palier, à l'heure dite du lundi, Marie
José découvre une grande chose efflanquée en état
de haute tension caractérisée.

En tant que psychologue et animatrice d'entreprise, l'âme humaine n'a pas de secret pour elle.
Elle récapitule, intuitivement les précautions élé-
mentaires :

Un : ne pas toucher. Deux : débrancher tous les
appareils électriques de l'appartement. Trois : bien
s'essuyer les mains. Quatre : désamorcer la sur-
charge par des paroles neutres ou simplement
amicales.

Après une demi-heure, André revient en effet à
un taux énergétique proche de la normale. Calmé,
il se confie à la jeune femme que l'affaire semble
passionner.

Le récit des coquilles Saint-Jacques la fait sali-
ver. Elle ne voit pas pourquoi, en effet, Roubet en
resterait là même si ces séances le détournent
quelque temps de plaisirs plus prosaïques. Il a son
généreux accord et, pour l'en convaincre, Marie
José retire son jean, son slip et vient s'asseoir sur les
genoux du patron de l'EDF en chuchotant à
l'entrée de l'orifice aux magiques pouvoirs des
phrases suffisamment explicites pour rétablir le
courant à la bonne place et à la bonne intensité.
Mais rien n'y fait, le complice d'Eros reste de
marbre hormis à l'endroit où cette matière noble et
dure serait la bienvenue. Marie José réintègre slip
et jean, déclarant provisoirement forfait. Comme il
a trompé Mauricette, André Roubet récidive avec
Marie José, la bombe sexuelle du discours. C'est
lui aujourd'hui qui raconte. Hagard, il délire sur
l'Absolu, sur le Goût parvenu à la quintessence de
lui-même, ce Goût qui n'exige aucune participa-
tion du corps, qui n'est distrait par aucun intermé-
diaire, ce Goût suspendu entre le tangible et
l'idéal, pur, comme on dit d'un esprit qu'il est pur,
ce goût qui ne fait qu'un avec l'Idée du Goût.

Il aura donc fallu cette soudaine épilepsie – sans
doute un signe de l'au-delà –, la chirurgie et le
projet rocambolesque de cette cicatrisation par
électrode, pour que Roubet monte au pinacle, là
où les vrais gastronomes rêvent tous un jour de se
prosterner.

Au dîner, Mauricette se surpasse en médiocrité.
Son boudin blanc à la rouennaise a un relent assez
vraisemblable de savon moisi ou d'un nid de
tarentules. Heureusement pour la cuisinière, la

perspective de la séance d'électrodes du lendemain
fait diversion. Circonstance aggravante : Cicéron
renâcle et fuit son écuelle de boudin, les oreilles
aplaties.

Dans ces cas extrêmes de désillusion culinaire,
André se rabat sur les consolations sûres, comme
de lire avant de s'endormir quelques pages de
menus historiques couchés dans de précieux livres
qu'il garde à son chevet. Ainsi traverse-t-il des
siècles de bombance. Ce soir il s'octroie le repas de
noces, servi en 1571 à un conseiller de la Chambre
des Comptes, qui ne se compose guère que de
quatorze « première assiette », vingt et une « seconde assiette » et dix-sept « issue », de quoi faire
barrage au savon le plus rance.

Le lendemain, une longue journée de bureau
entrecoupée par un petit salé aux lentilles fort
convenable pris chez « Louis », à quelques rues de
l'EDF, en compagnie de sa fidèle secrétaire afin de
la consoler de la perte de ses ongles au champ
d'honneur du service public, et il finira bien par
s'y retrouver, chez Joutard !

Ce dernier paraît légèrement agacé qu'on lui ait
ainsi forcé la main pour une séance supplémentaire. Le boutonneux n'est pas là. Il est remplacé
par l'étudiante en pâmoison entrevue la première
fois. Elle se pâme moins. Elle arbore déjà des
façons de conquérante qui prouvent qu'elle a bien
avancé dans la connaissance de la médecine, de ses
contraintes ou avantages, la blouse à même la
peau.

Roubet s'allonge d'un bond et offre le petit trou
femelle à l'étudiante du même sexe. Le professeur

de son côté oublie le petit trou de l'étudiante et se concentre sur celui nobélisable de son patient très impatient.

Le courant court. L'aiguille frissonne. Roubet déglutit.

– Partons de la dernière intensité et du même rythme enregistrés, voulez-vous, mon petit! indique Joutard à la demoiselle.

La bouche de Roubet s'emplit d'un flux marin.

– Alors, Roubet?

– Ce sont encore elles, docteur, les coquilles Saint-Jacques de vendredi...

Ni le médecin, ni le malade n'en reviennent : qu'on puisse retrouver par simple chiffrage du courant, un point si précis de la mémoire...

Joutard donne une infime impulsion à l'aiguille et surveille la réaction de Roubet.

Le retour du goût tant béni le transfigure. Touché par la grâce, le patron EDF de Montbazin! Il n'espérait pas à nouveau revivre cet enchantement. Il...

– Dites, vieux, ça ne va pas?

– ...

André Roubet pleure silencieusement. Des larmes pleines, des billes transparentes.

– Que se passe-t-il, Roubet? Parlez, voyons!

– Je sais... Maintenant je sais, professeur...

Les larmes font un bruit sec sur le plastique de la table d'auscultation, semblables aux grosses gouttes d'orage contre la toile d'un parasol sur une plage du Midi, au 15 août, quand l'été fait croire à sa fin pour chasser les touristes.

— Vous savez quoi, Roubet?

— Du lard fumé! On a mis du lard fumé en fines, très fines lamelles dans la sauce des coquilles!... Vous vous rendez compte, docteur? Une invention folle, géniale! (Roubet pleure de plus belle.) Ah! vous allez comprendre, docteur, combien cette découverte me bouleverse... Ce plat, voyez-vous, je ne l'ai jamais mangé. C'est ma tante qui m'en a fait le récit. Oui, la sœur de ma mère, une femme d'une beauté si, si... Des coquilles Saint-Jacques aux lardons... le plat que lui fit son mari pour leur anniversaire de mariage, la veille de son départ pour la guerre, la veille de sa mort, docteur, car il fut tué à son premier combat... le plat des adieux... le plat de l'amour...

Les larmes éclatent comme des obus contre le plastique. La jeune interne devient toute pâle, son crayon en l'air. Elle boit larmes et paroles comme un élixir. L'amour, elle ne connaît pas vraiment : elle n'a pas eu le temps... Les études, les examens, les confrères boutonneux, les professeurs pressés, les « rhabillez-vous mon petit! » Et Roubet poursuit devant le professeur partagé entre l'irritation et la commisération...

— C'était la façon d'aimer de mon oncle : inventer pour elle, ma tante, les plats qui n'appartiendraient qu'à eux seuls, des plats qu'elle pourrait refaire en pensant à lui si par malheur la mort les séparait, des plats qu'elle n'a jamais pu ni voulu refaire car sans lui leur saveur n'avait plus de sens, plus de sens, docteur...

Le professeur Joutard se racle la gorge. Il est pressé d'en finir avec la sauce des coquilles Saint-

Jacques de Roubet. L'interne s'est rapprochée. Elle a essuyé les larmes du bord de sa blouse, révélant une cuisse nostalgique, nostalgique comme elle d'un amour digne de celui dont elle vient d'entendre un bout d'histoire.

André Roubet se reprend.

Joutard remet le bouton à zéro et les esprits itou. Il regarde la fille : cette apprentie aux souffrances ne fera jamais un bon médecin si elle s'attendrit ainsi sur le premier sanglot venu! Le professeur explique combien l'idée de voir s'inscrire en souvenir dans les replis de la matière grise ce qui en fait appartient à la mémoire d'un ou d'une autre, l'intéresse pour ses recherches, comme si le cerveau disposait pour ces souvenirs indirects, de magasins spéciaux qu'il pourrait maintenant, grâce à Roubet, localiser scientifiquement.

Encore une fois, André voit se confirmer la distance entre son propre objectif et celui de son chirurgien, mais n'a-t-il pas lui-même exigé ce rendez-vous? Joutard est en droit d'en retirer un bénéfice. C'est justice.

Sa séance reprend donc sur une autre fréquence dictée à l'assistante remise de son émotion. Roubet ferme les yeux pour aider à la concentration.

Roubet sent venir sur sa langue un goût de gibier. A peine a-t-il repéré le sanglier que défilent chapon, faisan, lapin rôti, poussin farci, poussin lardé, cailles, langues enfumées, saucisses, pâtés de faisan, pâtés de jambon, poules de paons, gigots et cygne... Avec une netteté étonnante, André remet sa liste à Joutard et se régale au passage de la finesse des plats.

– Vous ne vous refusez rien! plaisante Joutard. Pouvez-vous lier ces rôtis à des souvenirs, Roubet?

Roubet réfléchit.

– Non, docteur. A aucun souvenir. Je ne me souviens pas avoir consommé tant de rôtis à la fois... à moins que...

– Quoi donc, Roubet? A moins que?

Roubet soudain grimace.

– Vous avez mal, Roubet?

– Euh, oui... Enfin, je sens quelque chose : une espèce de chaleur dans la tête.

Le chirurgien contrôle l'intensité du courant.

André Roubet gémit.

– Cette fois, j'ai mal, docteur!

– Réduisez, Mademoiselle, lance Joutard. Bien, Roubet. Arrêtons-là pour ce soir. Prenons le temps de réfléchir.

On débranche le surnourri. La douleur cesse aussitôt. Instinctivement Roubet se frotte la tempe. Il se lève, groggy.

Le professeur Joutard pose sur l'épaule rondelette de sa disciple sa belle main d'artiste sanguinaire.

– Je vous libère, mon enfant. Je n'ai plus besoin de vous.

« Gracieux mensonge », se dit le P-DG, que la gloutonnerie ne rend pas pour autant aveugle.

La jeune femme partie, les deux hommes s'installent dans le bureau du professeur. Ils restent un moment silencieux.

Roubet rompt le silence.

– Professeur, je pense à ces rôtis, cette enfilade

de rôtis... il me semble... il faudrait bien sûr que je
vérifie... Il me semble qu'ils correspondent à un
menu dont j'ai fait la lecture hier, avant de
m'endormir. En ce cas, j'aurais, comme pour les
coquilles Saint-Jacques, le souvenir d'un goût dont
mon corps n'a jamais eu lui-même l'expérience...
Est-ce possible?

– C'est ce qui apparaît en effet, mais jusqu'à
quel degré de précision?... A quel niveau exact du
cortex? C'est à analyser. Cependant... l'investigation dans cette zone de votre cerveau peut compor-
ter... disons... des inconvénients. Je vous rappelle
que vous avez éprouvé une sensation de douleur.
C'est à vous de me dire, Roubet, si vous souhaitez
qu'on approfondisse. Donnons-nous donc jusqu'à
vendredi, cher ami, pour décider, c'est plus sage.

André Roubet rentre chez lui la bouche encore
pleine de saveurs carnassières. Il court vérifier dans
son livre ce qu'il est déjà sûr de trouver. Pas de
doute : il a dégusté cet après-midi la « seconde
assiette » du menu servi aux noces du conseiller de
la Chambre des Comptes en 1571...

Mauricette qui, décidément, ne manque pas
d'à-propos, a préparé la gigue de chevreuil qui se
marie délicieusement avec la poule de paon.

Quand arrive le jeudi et le déjeuner de la mère
Francine, la décision d'André Roubet est prise : il
doit confier à ses amis son extravagante aventure.
Ce sont ses frères de bouche, après tout.

On discute de l'affaire avec gravité en retenant
l'essentiel : Roubet a en lui le pouvoir de vivre, par
courant interposé, les plats que sa mémoire – y

compris sa mémoire livresque – est susceptible d'emmagasiner.

Imaginons l'enthousiasme de la tablée. Après trois pousse-café, les compères tombent d'accord : André Roubet doit sortir de son petit moi pour représenter la confrérie gastronomique dans toute sa splendeur. Il sera le messager, le futur dépositaire de l'Art parmi les arts, sa mission consistant à goûter les plus rares repas que l'histoire ait conçus et d'en faire le rapport à ses pairs chaque jeudi.

Une bouteille de Dom pérignon salue la décision.

Pour commencer, les compères proposent le dîner des « Trois Empereurs » servi le 7 juin 1867 au Café Anglais à Alexandre II, tzar de toutes les Russies, au tzarévitch, futur Alexandre III, et au roi de Prusse, futur empereur Guillaume I...

Roubet demande à Mauricette de lui apporter son bouillon de poule dans la chambre, ce dont elle s'acquitte avec empressement, tout excitée par les préparations d'une farce de carpe à la juive, un plat que, ma foi, elle ne réussit pas trop mal en général. André ne lui a toujours rien confié de ses intrigues avec Joutard qu'il continue de considérer comme une tromperie conjugale.

En buvant son bouillon, Roubet apprend par cœur, en imaginant intensivement le goût probable de chaque mets, le menu des « Trois Empereurs », sans oublier les crus : un Madère retour des Indes 1846, un Xérès 1821, un Château d'Yquem 1847, un Chambertin 1846, un Château Margaux 1847, un Château-Latour 1847 et un Château-Lafite 1848...

Le lendemain, Roubet convoque Marie José. Tous deux « déjeunent » dans le bureau de sandwiches au jambon. Marie José continue d'encourager son amant sur la voie de la science, encore que son extrême anxiété ne manque pas de la tracasser. La secrétaire a coupé tous ses ongles ras et dans les couloirs de l'étage on marche sur la pointe des pieds, on chuchote comme autour d'une chambre mortuaire. La nouvelle du déjeuner de sandwiches a fait le tour de la maison et plus impressionné les foules que la menace de lettres de licenciement. Un patron qui ne déjeune pas est un patron prêt au pire. Le bureau du personnel est envahi d'employés aux abois. On n'exclut pas une réunion syndicale d'exception. Marie José elle-même découvre dans son casier des lettres de supplications anonymes. A six heures, André Roubet quitte le hall de l'entreprise...

Le professeur Joutard n'est pas encore arrivé. Seul le boutonneux, revenu à son poste, installe les appareils. Roubet s'approche de la fenêtre. Il regarde la ville qui s'illumine grâce à lui, monument après monument, avenue après avenue.

Il regrette que la jeune femme ne soit pas là, y compris pour Joutard que sa présence rend plus humain, de plus plaisante humeur. Le boutonneux jette à Roubet des regards de réprobation. Les dernières banlieues sont éclairées depuis longtemps quand Joutard arrive enfin.

– Excusez-moi, mon vieux : une sale hémorragie...

L'aversion manifeste de l'interne, la fatigue du professeur ne prédisposent pas aux festoiements. Le

repas des « Trois Empereurs » mériterait davantage de cérémonial. C'est ainsi. Il n'a pas le choix.
D'ailleurs il n'en peut plus d'attendre...

Tendu sur la table de soins, il voit bien que les
impulsions électriques tâtonnent. Joutard semble
éprouver des difficultés à libérer le cerveau des
empoignades du chevreuil avec la poule de paon.

Roubet, saturé des rôtis, est au bord de renoncer, lorsqu'un goût de truffe vient frôler ses papilles.

Il fait un signe à Joutard. Il vient de reconnaître
l'un des potages du menu des « Trois Empereurs ».
Le professeur, sur le qui-vive, établit de rapides
calculs avec le boutonneux et règle son dispositif.

Roubet sent sa gorge durcir. Solennité de l'instant.

Plus d'un siècle a passé depuis ces vénérables
agapes et lui, André Roubet, directeur du centre
EDF de Montbazin, est là, entre Alexandre II et le
roi de Prusse, au Café Anglais, à un dîner de 400
francs par tête ! Bénie l'épilepsie qui lui vaut
aujourd'hui un tel bonheur ! Grâces soient rendues
au professeur Joutard qui, parmi les milliers de
sillons possibles, planta son électrode au creux du
sillon si fertile de sa mémoire gustative !

Le bienheureux cobaye frissonne.

— Vous souffrez, Roubet ?

— Non, non, docteur. Juste un peu froid...

Il sent qu'on pose sur ses jambes une couverture.
Il ferme les yeux, neutralisant le plafond jaune
pisseux sur lequel l'hépatique se détache à peine.
Fidèlement, la matière grise d'André récite, le long
du petit fil rouge, la leçon de la veille.

Les « Relevés » succèdent bientôt aux potages :
soufflé à la reine, filet de sole à la vénitienne,
escalopes de turbot au gratin, selle de mouton
purée bretonne... Parfait. Sublime.

Joutard enregistre les variations infimes des sensations éprouvées puis il les compose en intensité,
en durée, comme un organiste soucieux de prolon-
ger les sons de son instrument jusqu'aux voûtes les
plus inaccessibles de l'église. Tous deux travaillent
à l'unisson, chacun à son bonheur.

– Alors, mon ami?

Roubet tourne vers son médecin des yeux
noyés :

– Divin... répond-il sobrement.

Les « entrées » à leur tour prennent le devant de
la scène : poulets à la portugaise, pâté chaud de
cailles, homard à la paris...

– Docteur? Vous avez interrompu le courant,
docteur?

– Mais non, voyons, Roubet!

– Je ne sens plus rien, docteur! Un début de
homard puis plus rien!

Le professeur Joutard et son associé s'activent
autour de leurs appareils.

– Vous avez peut-être besoin d'une pause, mon
vieux. Le courant passe normalement. Technique-
ment je ne vois rien qui...

– Enfin, docteur, vous n'allez tout de même pas
m'abandonner en plein homard à la parisienne!
C'est le plat que j'attendais par-dessus tout! C'est
insensé!

Roubet se tord les mains. Tout son corps se met
à s'agiter.

– Insistez, docteur, je vous en supplie!

Il perd son sang-froid. Il est en manque de homard, prêt à tout pour l'obtenir, à étrangler Joutard s'il le faut.

Le chirurgien prend l'exacte mesure du danger où se trouve son patient et peut-être lui-même.

– Calmez-vous, mon vieux. Je vais donner plus de force à l'influx. Vous l'aurez, votre homard. Ensuite, on interrompt. Le cerveau fatigue, comprenez-vous?

Le boutonneux assiste à ce dialogue avec le dédain le plus viscéral. Il ne comprend visiblement pas comment le patron accepte de se fourvoyer dans une entreprise aussi saugrenue, dont l'enjeu scientifique lui échappe depuis le début. D'ailleurs, le patron est inquiet sous ses airs de plaisanter. Le boutonneux le connaît! Joutard revoit le réglage du courant.

André Roubet n'a pas besoin de parler. Son visage est suffisamment éloquent. Ce qui se passe entre le homard des « Trois Empereurs » et lui a déjà franchi les limites du réel. Les vitres de l'hôpital, le ciel de Montbazin ne sont plus qu'un lumignon, un lampion tremblotant de l'humaine condition asservie aux nourritures tellement terrestres qu'on n'y distingue même plus la soupe au potiron du caviar de Russie.

Le homard à la parisienne servi au Café Anglais le 7 juin 1867 appartient à une autre constellation. Il se contemple d'un autre point de l'univers, celui où les sensations rendues à l'essentiel s'embrasent comme des étoiles propulsées par leur propre gloire et traversent en un millième de seconde des galaxies d'extase.

Le cerveau diffuse le homard sur une lumines-
cente voie lactée, une rampe irradiée de saveurs.
Et la langue, semblable à un lampyre roulé de
volupté sur l'herbe électrisée d'une trop chaude
nuit d'été, étincelle sous le flot continu de ces ondes
nourrissantes...

– ... Roubet ?

Pas de réponse.

Le professeur Joutard et son disciple se regardent. Perplexité de la science.

A qui parlez-vous, professeur Joutard ?

A André Roubet, du centre EDF de Montbazin ?

Il n'y a plus d'abonné, Professeur, André Roubet est branché ailleurs, branché sur des radiations
aux pinces de crustacé, branché sur l'an 1867.

– Roubet ! C'est assez !... Roubet ?

Sur le visage ébloui de Roubet, le ravissement
dégouline. Il fond avec la jouissance douloureuse
qu'ont certaines saintes en prière dans la lumière
des cierges.

« Monogeusie par disjonctage », déplorera très
doctement Joutard.

Roubet s'en remettra mais il lui faudra quand
même un certain temps pour admettre que la
carpe à la juive de Mauricette, les merveilles de
« La mère Francine », le café au lait du matin et
Marie José, Marie José l'acidulée, auraient à
jamais le goût unique et définitif du homard, le
homard à la parisienne de ce dîner historique des
« Trois Empereurs » servi au Café Anglais, un jour
de juin 1867...

*Eurythmie*

Tu es donc parti.

D'abord, en t'en allant hier matin, tu n'as pas fermé la porte comme d'habitude en lui donnant cette claque de vie, cette bourrade de ceux qui mettent au moindre de leur geste l'ardeur des conquérants. Non, tu l'as tirée vers toi en la retenant comme quelqu'un qu'on a chassé mais qui espère bien qu'on va le rappeler (ce que j'ai bien failli faire d'ailleurs), quelqu'un qui cède à une injonction que sa nature réprouve, à contre-courant de soi. Puis j'ai entendu depuis ma chambre le cliquetis du loquet, l'inévitable signe de l'enfermement, le bruit qui sépare le dedans du dehors, l'assujetti de l'affranchi. J'ai entendu ensuite ton hésitation sur le palier, le silence désemparé de ton atermoiement. Que je t'ai plaint alors! J'ai plaint tes jambes chargées de te porter, toi et ton appréhension, tes épaules accablées du doute de tout ton être. J'ai accompagné ton pas dans l'escalier jusqu'à la dernière marche, jusqu'à ce que la rue le gobe, cul sec, ce pas que j'ai sans doute aimé avant toi-même puisque c'est le premier choc que j'ai reçu (ne t'ai-je pas d'abord entendu avant de te voir, solennisé par le parquet d'un long couloir vide?), ce pas fleuri d'une force qui embaume la maison et que je guette de mon lit maintenant. Le lit, ma prison.

Je t'avais dit :

— Pars, je t'en conjure. Je te l'ordonne. Il faut que tu y assistes, à cet opéra, comme chaque année. Cet été ne doit pas être différent des autres étés. Et puis c'est *Tosca*, tu ne peux tout de même pas manquer *Tosca*!

Et pour t'achever, l'argument fallacieux par excellence que seuls, à ma connaissance, l'amour ou la haine savent dénicher dans les pliures, le froncé sournois de la mauvaise foi :

— Tu dois y aller pour moi si tu ne veux pas y aller pour toi!

Debout au pied de mon lit, le regard désespéré que tu m'as jeté alors aurait pu avoir raison de mon aplomb sans la conviction qu'à ma place, tu en aurais usé pareillement, avec un égal sang-froid (je me trompe?). Cela dit, j'ai quand même gardé pour le dernier moment, en prévision de la déchirure des adieux, l'allégation, la consolation finale. Je l'ai mise dans ton balluchon comme une paysanne qui ajouterait sur le pas de la porte, à la gamelle de son homme, la petite gâterie, le superflu qui change tout :

— La radio retransmet le spectacle en direct d'Orange. Je l'entendrai aussi, tu sais!

Tu es donc parti.

J'aurais voulu me lever, traverser l'appartement, te dire au revoir à la fenêtre quand tu tournerais le coin de la rue. Le mois passé je le pouvais encore. Impossible... Tu es donc parti sans mon geste de la main, mon geste de bénédiction.

Pendant ce temps je regardais mes pieds, des pieds qui, à ne plus servir, ont presque rétréci, on dirait, et pris la teinte jaunie de certains bibelots de porcelaine.

Pour tout te dire, le cœur m'a manqué quelques secondes. J'ai maudit mon zèle. « Pourquoi m'offrir ainsi aux coups, me suis-je demandé, pourquoi me mettre aussi délibérément dans la situation de l'abandon? »

J'aurais voulu que tu me voies (non, heureusement que tu ne m'as pas vue!) assise sur le bord du lit comme une vieille poupée, un jouet usé qu'une enfant aurait posé puis oublié, appelée par des jeux plus captivants que cette poupée en chemise et qui ne dit même pas « maman ».

J'avais l'air malin à jouer les héroïques! Car pas de larmes : je m'en suis tenue à un long soupir, de ceux qui frôlent le sanglot sans se décider à l'arrêter, à le prendre à bras-le-corps pour en extirper une fois pour toutes la plainte refoulée.

— Pourquoi m'offrir aux coups?

— Pour me les offrir précisément, créer moi-même quelque chose de mon invention, d'inédit, qui ne serait pas compris dans le prix de la... maladie. S'offrir un petit supplément, comme au temps où j'avais le choix. Faire comme si.

Je te fais confiance pour avoir compris ça, intuitivement.

On dit que l'amour rend idiot. Balivernes. Chaque jour je vois ton intelligence proliférer comme une plante tropicale abreuvée de la mousson tiède des larmes. Elle profite, elle s'épanouit dans l'épreuve quotidienne où je la mets. Elle jette vers mon intelligence à moi des lianes à crampons qui s'arriment. A elles deux elles font des miracles dont celui-ci qui n'est pas le moindre : faire que la maladie ne gagne pas sur nous, sur notre imagination. Pas de demi-mesure : il faut prendre le mal à pleines mains, à pleines têtes, le travailler, le plier à notre exigence du beau. Un art de chaque seconde, œuvre pour quatre mains. Mains et têtes inspirées d'une même passion. N'est-ce pas pour cette raison que je t'ai mandaté à Orange?

Tu es à Orange afin de permettre au théâtre de la vie de garder ouverts ses rideaux et allumée sa rampe, que ce drame soit présentable, qu'il devienne une péripétie parmi d'autres sur la scène de notre amour. Tu es à Orange pour que ce mauvais mélo qu'est la maladie s'ourle d'or et de pourpre et brille des mille éclats d'une tragédie écrite avec nos mots, contre notre langage; jeter de la poudre aux yeux du destin.

Merci, merci à toi d'y être allé.

La soirée d'hier a comblé mes vœux. Cette *Tosca* restera la plus sublime de toutes les *Tosca*, même si...

Je dois m'arrêter. D'ailleurs ma main fatigue et puis Cécile me fait les gros yeux parce que je laisse refroidir son déjeuner. Elle a mis une rose sur le plateau... Elle me charge de te saluer.

Je n'ai pas faim. Aurai-je un jour faim? A plus tard mon amour.

*

J'ai somnolé une bonne heure, la fenêtre grande
ouverte sur l'arbre de la cour. L'air est si tiède.

Le corps lourd, j'ai écouté les vocalises de notre
oiseau chanteur. Il s'est surpassé. Je me demande si
ce n'est pas un rouge-gorge. Il m'a semblé aperce-
voir l'éclat orangé de son jabot au travers du
feuillage.

Mon dos m'a laissée en paix et j'ai eu droit aux
félicitations de Cécile. La pauvre chérie n'a pas
encore compris que c'est quand je souffre que je
mérite ses compliments... J'ai remarqué que le
médecin fait de même et qu'on finit par se sentir
coupable d'avoir mal.

Tu es donc parti.

Ne pouvant pas te voir tourner le coin de la rue,
je me suis mise à te suivre par la pensée, dans la
rue, au garage, à l'entrée de l'autoroute. Un
exercice de mémoire difficile pour quelqu'un qui
n'est pas sorti depuis six mois. Mais c'est fou ce que
je garde précis dans la mienne certains détails de
Paris. Par exemple la manière dont les chevaux du
Carrousel captent le soleil sur leur crinière dorée
quand on traverse le Louvre, nimbant la voiture
d'une lumière où l'âme s'étire soudain comme une
dormeuse lascive. Impossible alors, pendant que tu
conduis, que tu me conduis, de ne pas poser un
instant ma main sur ton genou aux si fines atta-
ches, plus tendu dans ma paume qu'un pubis de
jeune fille, et de ne pas sourire, sans te regarder,
jusqu'à ce que je sente que tu souris à ton tour,

conquis par la beauté des choses. Je t'ai suivi ainsi
rue des Saints-Pères, profitant du ralentissement
pour admirer dans une des galeries d'antiquaires
un miroir tenu par deux négresses. Boulevard
Raspail je t'ai maintenu sur place derrière un étal
de légumes (car c'est jour de marché), puis à
Denfert, le lion de Belfort t'a poussé vers Alésia
d'un grand coup de patte. J'ai eu le temps de lire
le panneau de Fontainebleau avant que le sommeil
ne me rattrape. Je me suis frottée deux ou trois fois
le front contre l'arête de ton nez, puis me suis
nichée en ronronnant dans le creux de ton cou, là
où la peau, rasée de frais, donnerait l'illusion de
l'enfance si la chemise en dépit des lessives ne
conservait le souvenir inouï de ton odeur
d'homme, ce mélange de tabac, de sueur propre et
de café, une drogue dure pour celle qui s'y serait
risquée un jour sans être prévenue du danger...

Je devais gémir dans mon demi-sommeil car
lorsque je me suis éveillée complètement, Cécile me
tendait un verre. J'ai vu sur son visage affligé
l'amplitude de ma souffrance. J'ai demandé
l'heure. 11 h 30 : le Morvan, déjà! Je t'avais raté à
Vézelay! Le Morvan aux flancs roux et râpés de
chamois (ces chamois dont je t'ai parlé à chaque
voyage, je crois bien), fuyant on ne sait quel
ennemi, leurs croupes un peu lourdes bondissant
au rythme lent d'un manège et moi, maintenant,
soulevée par l'élan aiguisé de la douleur, suivant le
mouvement, en haut en bas, en haut en bas,
jusqu'à ce que la morphine noie le mécanisme,
arrête le manège, les chamois humides de la course

immobilisés enfin, se laissant dépasser, vaincus par ta vitesse...

Cécile m'a lavée. Pas aussi bien que toi. Cécile me nettoie en infirmière : elle m'assainit comme on désinfecte une plaie.

Toi tu rafraîchis mon corps d'une longue caresse d'eau. Ta main épouse chaque partie de ma peau. Tu sculptes mon ventre. Tu remodèles mes seins. Tu arrondis les contours osseux des membres. La chair renaît sous tes doigts, lève, comme une pâte à pain sous l'effet de la levure, dans un pétrin enfariné d'espoir.

La douleur se retire à la manière d'un serviteur obséquieux, hypocrite. Je l'imagine assez bien un genou à terre, faussement contrit. Bien sûr, je ne suis dupe ni de sa déférence ni de ses courbettes. Je n'ignore pas qu'il reviendra pour son sale boulot, sans qu'on l'ait demandé. Je profite de ses absences pour essayer de me faire belle, remettre de l'ordre dans ma tête et aujourd'hui t'écrire. J'ai tant à te dire. Cette *Tosca* !

Cécile a eu l'idée de surélever mon bras par un coussin qui soulage mon épaule.

A partir de Lyon, j'ai perdu ta trace : tout dépendait de l'endroit où tu t'arrêterais pour déjeuner et d'où, tu me l'avais promis, tu me téléphonerais.

Enfin tu m'as appelée. Mâcon Sud.

J'ai oublié de te dire au téléphone qu'au moment de la sonnerie, l'oiseau, notre oiseau, s'est mis à découvert. C'est toi qui avais raison. Ce n'est pas du tout un rouge-gorge ! Je ne sais pas où j'ai inventé cette teinte ocre du cou. C'est bien un banal moineau, mais quelle voix! Quelle invention dans la mélodie!

J'ai fait la faraude à l'appareil. Inutilement, car je sais bien que tu sais quand j'en rajoute dans le genre « Tout va bien. Je vais très bien ».

Je peux te l'avouer aujourd'hui : tout n'allait pas très bien, en effet... Je me suis mise à trouver franchement stupide mon défi d'Orange. T'avoir près de moi m'a paru soudain d'une urgence absolue. J'ai compris à ta voix que tu n'en pensais pas moins (je suis dans le vrai, n'est-ce pas?) et cette certitude n'a fait qu'augmenter ma rage, comme si j'avais doublement à convaincre, doublement à justifier une idée injustifiable. Peut-être même t'ai-je bousculé un peu pour me donner du courage à moi qui, autant que toi, en manquais.

Qui en effet nous empêchait d'écouter *Tosca* ensemble, à Paris, toi dans le fauteuil vert, moi de mon lit, sinon mon incorrigible obsession du rituel, mon obstination pour donner à croire que rien n'a changé, que tout demeure, quand, à l'évidence, tout a changé, rien ne demeure ou si peu?...

L'élégance, la beauté du geste eût été précisément de fabriquer autre chose avec le présent, de créer du nouveau avec nos deux têtes, nos quatre mains, plutôt que de s'accrocher coûte que coûte à ces haillons d'un bonheur passé!

Faire comme si... Piètre subterfuge maintenant que j'entendais ta voix si fondamentalement contrariée, à des centaines de kilomètres de mon chevet!

J'ai pris un temps. Je préparais la phrase. Je me tournais dedans, me retournais comme on essaye

une robe face au miroir d'un œil critique parce
que décidément elle ne nous va plus et qu'il se
pourrait bien qu'on la jette aux oubliettes, une
phrase qui arrache l'assentiment, par laquelle je
t'exhorterais à revenir à la minute, en prenant
l'autoroute dans l'autre sens, dans le bon sens –
vers le bon sens enfin –, quand tu t'es mis soudain
à évoquer la couleur de l'air, les odeurs de la terre.
Te souviens-tu? Tu as dit que là d'où tu m'appe-
lais commençait la Provence, là la France bascu-
lait, en ce lieu même le Nord s'effaçait devant le
Sud, l'opacité du ciel devant la transparence ineffable, le persil devant le thym.

A un rien dans ta voix (peut-être un zeste de
lavande qui en aurait déjà infléchi le timbre) j'ai
compris que toi aussi, malgré la contrariété, tu
avais basculé, sans le savoir encore. Je le savais
pour toi. Tu avais basculé d'une chambre prison
où la vie se conquiert au goutte à goutte vers ce
champ de lavande où elle coule librement en flots
d'arômes. Oh! bien sûr, tu serais rentré si j'en
avais formulé le désir! Mais c'est moi qui, tout à
coup, ne le souhaitais plus, moi qui m'effaçais, moi
qui concédais au Sud sa victoire sur le Nord, moi
qui signais ta libération, contresignais ton évasion.

Cette fois, tu étais parti. Bien parti.

Non, non, ne t'inquiète pas, rien de mal à cela!
Si je peux te le dire aujourd'hui c'est parce que
c'était hier et parce que cela n'a duré que le temps
d'une inflexion de voix. Entre-temps il y a eu
*Tosca*, le miracle de *Tosca*. « Tout va bien
aujourd'hui » (cette fois c'est vrai) puisque je

commence à t'attendre et non plus à te perdre, puisque tu vas rentrer et que cette odeur de lavande sera le cadeau du retour que je pourrai renifler aux quatre coins de ton âme...

Cécile vient de fermer la fenêtre et remonte mes oreillers. Elle rechigne à chaque fois que je réclame une feuille supplémentaire. Il est vrai que j'avais promis une courte lettre. De temps en temps, elle vient s'asseoir près de moi, prend mon poignet et le masse délicatement. Aussitôt après ma main retrouve une certaine vigueur...

Contrairement au matin où j'ai éprouvé le sentiment de la solitude, l'appel de Mâcon, quand j'ai eu raccroché, m'a libérée. Il m'a allégée provisoirement de cette vieille mauvaise conscience dont nous parlons si souvent (« trop », dis-tu). D'ailleurs, comme pour me donner raison, la douleur a repris son tricot. Les mailles sont de plus en plus serrées.

*

Je reviens. Je reviens à moi, à toi, à cette lettre interrompue, le corps éberlué, comme à chaque fois, par tant de violences.

La morphine m'a empêchée de t'accueillir comme je l'aurais souhaité, à ton arrivée à Valréas. J'ai « dîné » sous la surveillance affectueuse mais ferme de Cécile qui m'a saoulée de recommandations pour la soirée. Elle a trouvé que je m'agitais inconsidérément et ne m'a autorisée à te téléphoner que la dernière tranche de pêche avalée.

Inconsidérément? Comment faire autrement à

l'idée de te savoir sous la véranda à attendre comme moi l'heure de te rendre à Orange! Je suis assez fière d'avoir deviné que madame Petiot t'avait préparé un lapin. C'était cela ou les aubergines farcies, évidemment! Ta stupéfaction au téléphone quand je t'ai décrit ton menu, sans la moindre erreur, jusqu'à la crème renversée et le petit verre de gnôle – « ça ne peut pas vous faire de mal, peuchère! » Cette chère madame Petiot! Dis-lui qu'elle me manque, n'oublie pas, je te prie. Elle aussi doit s'inquiéter, la pauvre.

Dieu que j'ai aimé t'entendre!

Un livre entier ne suffirait pas à célébrer la magnificence de ta voix. Hier soir elle avait le vaporeux d'une mousseline de soie, de ce tissu qui, aussi ample soit-il, peut se réduire au creux d'une main, entrelacé d'air. Moi aussi je tenais tout entière dans le creux de ta main, tout entière dans ton poing fermé. Puis j'ai écouté s'ouvrir tes doigts un à un, libérant une fontaine de moire semblable à celle qui coule sous la fenêtre de notre chambre à Valréas, dans sa vasque de marbre, mais c'est sur du crêpe satin que tu as imprimé l'amour, de ta voix souple et chaude, gravant fil à fil, pour moi seule, des motifs de tendresse à défaillir et tu n'as raccroché qu'après avoir tissé entièrement le châle qui devrait m'envelopper à Orange au cas où le mistral se lèverait.

Nous étions prêts.

Nous ne nous sommes pas souhaité « bonne soirée », te rappelles-tu? Cela aurait signifié que nous ne la passerions pas ensemble. Tu as dit : « Allons, il est l'heure! » Comme lorsque tu faisais

semblant de t'impatienter de mes effets de miroir
alors que cette coquetterie te flattait parce qu'elle
t'était destinée, destinée à te faire honneur quand
tu poserais en public la main sur ma nuque, sous
les cheveux, là où une femme s'offre dans la plus
simple candeur, pour qu'il ne reste aucun doute
possible sur le choix que nous avions fait l'un de
l'autre.

Cécile m'a servi de miroir. Elle a brossé mes
cheveux un peu collés par l'effort de vivre, elle m'a
passé la chemise de nuit mauve qui camoufle
l'angle aigu des épaules, tendu mon parfum en
détournant les yeux avec tact. Elle m'a préparée
comme on prépare une jeune mariée.

J'avais tout le temps jusqu'à dix heures, le temps
de reparcourir avec toi cette route dont je connais
chaque virage, chaque croisement moins par leur
géographie que par leur senteur quand la nuit
tombante délivre de la tutelle du soleil de fortes
bouffées de résine et de foin qui s'engouffrent dans
la voiture par les vitres ouvertes, le temps de te
dégoter une place sur l'esplanade plantée de plata-
nes qui suffoquent dans la fumée des grillades et de
te mêler à la crue grandissante des festivaliers vers
les arènes.

Cécile s'est inventé un besoin de cinéma. Elle
s'est éclipsée pour un film qu'elle ne regardera
certainement pas car je la prive trop souvent d'un
sommeil qu'il lui faut bien récupérer. Elle m'a
préparé un autre calmant, « au cas où », a-t-elle
dit, mais ni elle ni moi ne doutons de sa nécessité.
On ne voit pas pourquoi l'obséquieux valet de la

douleur renoncerait, même ce soir, même pour la musique, à ses heures de service, pas vrai?

Mais crois-moi, je ne l'appréhendais plus, ni elle ni la lenteur de la nuit quand elle me refuse le repos. J'avais d'autres inquiétudes : que le mistral se lève d'un coup, que la représentation soit annulée, que la diva ne boude ou se rompe le cou dans les ruines du théâtre. Toutes ces alarmes ajoutées à un réglage perfectionniste de la station sur le poste m'ont fait te perdre dans la foule. Je n'avais pas pensé à te demander où tu serais placé. Je courais comme une démente, jouant des coudes parmi des foultitudes de coussins, de gens surexcités, vers les entrées côté pair puis côté impair. Disparu! Tu avais disparu!

Alors j'ai triché. Je t'ai placé moi-même, au meilleur gradin, en plein milieu du théâtre, au dixième rang. Je ne t'ai pas mis de coussin – je me souviens que tu préfères, contre tes cuisses et ton dos, le contact de la pierre chauffée siècle après siècle par Rhê, Phébus, Horus, cette tiédeur antique où ton corps puise de grandioses réminiscences pleines de dieux païens. J'ai posé sur les épaules ton plaid en lainage.

Fatigue. Le stylo est lourd. Il pèse sur tout mon bras.

Mais je voudrais avancer cette lettre avant le dîner, la finir avant ma drogue de la nuit.

C'est si difficile de te raconter sans vivre à nouveau chaque seconde telle qu'elle fut ressentie! L'émotion d'hier me revient intacte et me talonne.

L'oiseau s'est tu.

Cécile me prépare une soupe au pistou dont l'odeur de basilic pourrait bien me faire venir des larmes. L'odeur des étés insouciants, de la désinvolture.

J'aurais pu garder ce récit pour ton retour (trois jours, trois jours seulement) pour quand tu seras assis dans le fauteuil vert à m'écouter comme seuls peuvent écouter ceux qui voient s'enfuir la vie, mais j'ai peur d'oublier, peur de réduire à l'anecdote ce qui ne doit pas l'être (au nom de la beauté, pas de la morale) sous peine de trahison, quand l'urgence du temps rend toute « trace » de soi presque solennelle, quand il n'est plus de saison de se contenter de l'approximatif en se disant qu'on précisera au fur et à mesure des jours, qu'on complétera plus tard. Quand plus tard risque d'être trop tard, quand aujourd'hui paraît déjà un peu trop tard.

Et puis je veux que ce récit te parvienne en cadeau, avec timbres, compostage, ficelles, comme ces colis qu'on reçoit de ceux qui vous chérissent, où objets, friandises s'interprètent en code d'amour.

Et puis... Mais cela est plus dur à dire... Et puis parce que je veux que tu t'habitues à éprouver les choses, les événements à distance de moi, hors du fauteuil vert, que tu apprennes à te familiariser avec le décalage, que tu apprennes à vivre, à nous vivre dans la séparation, sans mon regard dans le tien, sans ma voix dans ton oreille parce qu'un jour... cette soupe au pistou... Il se pourrait bien... Il se pourrait bien que mes yeux et ma voix... Et ma voix... Mes yeux et ma voix... Te fassent défaut et que tu n'aies plus comme recours que des présences abstraites (mais tu les rendras concrètes, je t'assure, à force de pensées, tu verras, tu verras) des simples traces, comme cette lettre, de la réalité.

Et puis, et puis à moi aussi elle convient cette distance épistolaire. Elle convient doublement. Elle convient à ma timidité, la même qu'au premier jour, t'avouant pour la première fois que je t'aime, le rouge aux joues. Elle convient à mon manque de courage, celui de faire front à l'émotion devant toi, elle convient à mes efforts pour ne pas me laisser aller à l'apitoiement qui, une fois lâché, ne s'arrêterait probablement plus.

Ecrire qu'on pleure, ce n'est déjà plus pleurer. C'est moins grave. C'est presque heureux, tu ne trouves pas?

Tu étais donc en plein milieu, devant la scène, au dixième rang.

\*

Cécile : la tension, le pouls. Tous ces petits intermèdes médicaux, inutiles au corps sans illusion, mais utiles à l'esprit encore crédule. J'ai demandé à Cécile si elle aimait écrire. Oui, elle aime, elle aussi, les lettres. Elle aussi elle préfère écrire les choses importantes plutôt que de les dire : même si elle ne trouve pas toujours les mots justes, ils sont quand même plus justes que la parole, parce que – ce sont ses termes – « la langue va trop vite ». Pas bête...

Bon pouls. Assez bonne tension malgré la courte nuit.

Je continue. Ne pas se laisser dérouter par les pas de l'obséquieux valet qui vient, je l'entends, même s'il chausse ses patins pour mieux me surprendre.

Toi, d'abord toi.

Donc tu étais au dixième rang, en plein milieu, face à l'orchestre, face à la scène. J'ai monté le son du poste. Le présentateur commentait le décor, le coin de la nef de l'église Saint-André avec le portrait de Marie-Madeleine peint par Mario, mais moi qui empruntais tes yeux, c'est la masse impressionnante de l'arène, la puissance authentique de César (ou de Marc-Antoine, je confonds tous les empereurs romains) dans la pierre du portique qui captaient mon attention, le vol hystérique des hirondelles venues par centaines, aimantées autant par la foule que par les projecteurs, comme si les cris, les caquetages d'humains gorgés de soleil, grisés d'impatience inspiraient leur liesse, leur répondaient.

J'étais avec ton attente émue de l'instant magique où, d'un coup de queue de son habit noir, le chef d'orchestre, chef des oiseaux et des hommes, ferait descendre sur l'arène le silence antique, rendant le lieu à lui-même, à sa vocation millénaire de la célébration.

Même le présentateur s'est mis à parler moins fort. Il chuchotait, rappelant la distribution (des inconnus) et le sujet du drame qui allait se jouer.

Entre deux commentaires, j'ai entendu le pre-

mier violon donner le *la* à l'orchestre et ces trois ou
quatre secondes de cacophonie où tous les instruments tâtonnent comme à colin-maillard, discor-
dance obligée de la concordance à venir, un
moment qui depuis toujours me fait frissonner.

J'étais seule dans la maison.

J'étais seule, l'oreille tendue vers le poste mais
déjà celle-ci comblait le vide de la chambre d'une
nef d'église assiégée d'hirondelles, d'une luisance
mouvante d'archets et de cuivres dans la lumière
de plus en plus tamisée des projecteurs.

Tout à coup, un claquement, gauche d'abord,
repris par d'autres claquements, plus fermes, plus
nourris, un roulé-boulé de galets, de milliers de
galets s'entrechoquant dans la pénombre, conta-
gieux, contaminant l'arène entière. Un frac noir,
un visage blême : le chef. Puis la vague descen-
dante des galets se retirant, cédant au silence
comme la fièvre quitte le corps d'un alité trop
robuste qui désire se lever, vivre, impatient
d'éprouver.

Un ultime battement d'ailes des hirondelles, une
ou deux stridences au-dessus des remparts. Voilà.

Cette fois nous le tenions, notre silence, toi et
moi.

Nous le tenions car il ressemblait à tous les
silences vécus ainsi ensemble quand une même
tension bandait notre écoute, silences qui mis bout
à bout, au fil des années, pourraient bien à eux
seuls construire une route, une route de recueille-
ment plus pieuse que la prière.

Dixième gradin. Toi.

Silhouette aimée, la seule visible, un plaid de
lainage sur les épaules.

Je ne désirais te voir ni de face ni de dos sur le
fond de cette marée d'êtres qui t'entouraient mais
de profil, à ta droite ou à ta gauche, car là est ma
place d'écoute : à tes côtés, depuis toujours. De
profil, épaule contre épaule, genou contre genou,
nez et fronts parallèles, hiératiques à la façon
égyptienne, en attitude d'éternité, pas encore prêts
pour se regarder, trop occupés à ne pas, à ne
surtout pas manquer le franchissement du silence
vers la toute première mesure.

Sans m'en rendre compte, je me suis gravée dans
le marbre. Dressée contre l'oreiller, les deux mains
le long du corps, les yeux fixes, droit devant moi,
j'étais gagnée par ton immobilité, à l'écoute du
temps suspendu, de l'imminence.

Te souviens-tu de notre frémissement quand
nous chavirions vers la toute première mesure?
C'était comme si nous assistions à une mise au
monde, une naissance. Alors seulement nous nous
regardions et souhaitions la bienvenue à la musique.

Pour ma part, j'avançais note après note, à la
fois avec ravissement, désireuse d'arriver vite, plus
vite à tel passage ou tel duo cher à mon souvenir, à
la fois sans pouvoir m'empêcher de déplorer qu'en
l'entendant il ne rejoigne déjà le passé, qu'il me
comble en me dépossédant.

Souviens-toi aussi : par moments nous nous
tournions le dos, comme avec le sommeil, afin
d'écouter pour soi, soi seul, quitte à se retrouver
plus tard, laissant au hasard la liberté de comman-

der aux mouvements de nos corps qui s'enlace-
raient à demi endormis pour se détacher à nouveau.

Mais maintenant, comment faire, me disais-je,
nos deux corps séparés par une France entière?

Trop tard pour se poser la question : Angelotti,
le consul en fuite, et le sacristain étaient déjà en
scène et enfin Mario, notre ténor, l'amant de
Floria Tosca, notre Mario.

A quoi ressemblait-il, le Mario de ce soir?

J'ai monté la puissance du poste. Je voulais
donner au son la force de me le dépeindre.

Je me suis mise à l'écouter si intensément que
peu à peu les notes ont commencé à dessiner des
lignes puis des formes, celle d'un visage au timbre
brun et bouclé, avec un je ne sais quoi de moelleux
dans la voix qui suggérait une sorte d'empâtement
encore adolescent, donc un Mario jeune et fou-
gueux qu'une Tosca plus accomplie pourrait bien
en effet désirer avec passion au point d'en poignar-
der l'ennemi, l'abject Scarpia, avec la plus tenace
sauvagerie.

J'ai donné à Mario l'élasticité du replet. A
chaque modulation, je le faisais rebondir. Tu ne
peux pas savoir quelle impression étrange, nouvelle, je ressentais à « voir » ainsi par l'oreille, car
j'ai fini vraiment par le voir tout entier sur la
scène, Mario, aussi distinctement que si je m'étais
trouvée devant lui! Au début, je ne m'expliquais
pas bien à quoi, à qui, je devais ce don de voyance.
C'est à l'entrée de Tosca que j'ai compris.

J'ai compris que si Floria Tosca m'arrivait à son
tour avec des senteurs de rousse impétueuse, gorge

nerveuse, taille prise dans l'élan profane du désir
aux reflets pourpres de l'exigence, de la possessi-
vité, je le devais autant à sa voix de poitrine,
rauque, caressante, qu'à l'idée que toi aussi mon
amour, tu l'entendais, que toi tu la voyais pour de
bon, pour de vrai. Je la voyais par tes yeux. Nous
entendions ensemble. Tu regardais pour moi...

Ma seule oreille n'aurait pas suffi à permettre ce
sortilège : elle se serait cognée au mur des aveugles.
J'étais à Orange. J'étais au théâtre d'Orange
comme jamais je ne le fus sans doute auparavant.
J'étais à Orange parce que tu t'y trouvais.

J'étais à Orange pour t'y retrouver, avec la part
la plus épurée de moi-même car la plus vraie : la
sensation à l'état brut, dépouillée des scories de
l'environnement, sans interférences.

C'était ton corps qui s'était éloigné et c'est lui,
d'abord lui, que je retrouvais sur ces gradins
familiers qui, des mois après, transpiraient encore
de notre présence commune! Quant à la musique,
plus familière encore, nous nous y promenions
comme dans un espace où nos sens auraient
exploré tous les recoins, où tous les gestes du corps
se seraient inscrits en lettres de chair.

Inutile de mettre de la pensée dans cela. Je
n'avais pas besoin de penser à toi pour être avec
toi. Il suffisait de mettre les sons dans les sons
comme on marche dans ses propres pas sur un
chemin parcouru des milliers de fois, instinctivement, au même rythme.

J'étais avec toi bien mieux qu'en pensée, car la
pensée elle-même aurait pu jeter du trouble (je
m'en méfiais et j'avais raison). J'étais là dans la

transparence des sens qui eux ne trichent pas.
J'étais là par leur magie, en plein décalque.

Cela tenait de l'enchantement, vois-tu. A des
centaines de kilomètres de distance, nos oreilles
fusionnaient, se faisaient l'amour, ouvrant mes
yeux à ta semence d'images.

Revenue insidieusement, la douleur elle-même
ne faisait plus le poids devant la jubilation de ces
épousailles sonores.

Allègrement, images et sons franchissaient villes,
champs, rivières, montagnes à la vitesse de la
musique, au tempo du plaisir.

Par Puccini j'étais collée à toi, par Puccini je
vibrais ainsi qu'un archet, une cymbale, une peau
de tambour, un cor. De toute la puissance de tes
sens dans les miens, tu m'orchestrais. En harmonie,
oui, en harmonie. Je ne trouve pas mieux que ce
mot. A lui pourrait se résumer l'objet de ma lettre,
enfin presque...

C'est ainsi, par cette fusion extrême de nos sens
que j'ai suivi les deux premiers actes de *Tosca*. Les
passions qui déchiraient les êtres, leur affolement,
leur violence et leurs doutes, tout arrivait à travers
l'écho de tes propres sens jusqu'à mon oreille
survoltée qui redistribuait à son tour aux miens des
trésors d'émotions.

Par instants ma peau se hérissait du trop d'intensité, du trop de beauté. Je me souviens avoir
saisi un bout de ton plaid quand Mario, en sang,
soutenu par ses tortionnaires, a crié « Vittoria » à
la face de Scarpia. As-tu senti mes ongles pénétrer
ton bras lorsque Floria, le poignard à la main,
dressée au-dessus de sa victime, a lancé son cri

sauvage d'amante? Ma peau, toute notre peau brûlait du froid de la vengeance...

J'entends Cécile qui apporte le plateau avec la soupe au pistou.

Fatigue.

Le drap pèse sur mes jambes. Même l'air tiède de juillet, il faut le porter, le répartir sur toute la peau, le soulever, le soutenir.

J'ai parfois l'impression que la lassitude de mon corps menace mon esprit, que lui aussi doit résister à une espèce d'engourdissement. Il me faut aller chercher les pensées et les ramener là où elles ont pied, comme un nageur imprudent qui se serait écarté du rivage, emporté par le courant de son propre épuisement.

Pourvu que je ne flanche pas, maintenant.

*

J'ai eu toutes les peines du monde à convaincre Cécile de repousser l'heure de ma morphine. Je suis bien décidée à ne m'endormir que cette lettre achevée. Il le faut. Elle doit te parvenir avant ton départ de Valréas pour Paris. D'ailleurs, je me sens plus à bout de nerfs qu'à bout de force...

Comment ai-je pu trouver hier celle d'écouter la représentation avec cette égale exaltation? Car elle n'a pas faibli, crois-moi. J'étais portée, transportée par l'euphorie.

Mon corps a tant pris l'habitude de n'être sollicité que par la souffrance que j'ai fini par prendre pour de la jouissance l'absence de douleur, par la confondre avec le mieux-être, le moins-

souffrir. Ces retrouvailles avec le plaisir ont dû me
mettre en état de transe, si bien qu'à l'entracte, au
lieu de me reposer, d'éteindre la lampe de chevet,
j'ai voulu demeurer là-bas. La peur de te perdre
aussi sans doute...

J'ai descendu les gradins. Je les ai remontés. J'ai
même serré des mains dont je me disais qu'elles
devaient probablement se trouver là, les mains
habituelles des habitués : les proches et les lointai-
nes, les mondaines et les sincères. J'ai surpris au
passage de fausses compassions : « Comment va-
t-elle, mon pauvre ami? » mais aussi de vraies
caresses tristes sur ta joue d'esseulé, de vraies tapes
d'amis sur ton dos un peu voûté de mélancolie.

Dernier Acte.

Tout ne se joue-t-il pas, dans les drames, au
dernier Acte?

Alors il faudra bien que je te dise, que je te parle
maintenant de mon drame à moi.

\*

Mon stylo est tombé et j'ai taché le drap d'encre
noire. Ma feuille a glissé sous le lit.

Ce doit être cela, tu vois, être malade, être
menacé dans la vie : ne pas pouvoir sauter en bas
du lit pour ramasser quelque chose qui tombe.
Devoir appeler Cécile.

Mario est en prison. Dans quelques heures il sera
fusillé. Tu te souviens... Il demande à son geôlier
une dernière faveur : « Un' ultima grazia », celle
d'écrire à Floria, la femme aimée, un dernier
adieu, « un' ultimo addio »...

Je te savais ainsi que moi-même tendu jusqu'à l'exaspération, en équilibre sur le fil de l'attente car nous l'attendions toi et moi, nous l'attendions, n'est-ce pas, le grand air de Mario! Et Mario soudain incapable d'écrire, terrassé par le souvenir d'amour. Il nous appartenait plus qu'à tout autre, ce chant déchiré de l'amant que le destin arrache à celle qu'il aime! Notre air en quelque sorte, notre Puccini intime.

Je t'avais donné la main. Pas cette main d'infirme. Non, ma main de femme. Tu l'avais prise dans la tienne. Nous allions sombrer. Nous allions succomber à la douceur.

C'est alors que, mais l'écrire même fait mal, si mal. Je me sens comme Mario dont le crayon tombe sur les dalles sinistres du cachot. Incapable d'écrire, moi-même terrassée.

Tout à coup, le silence. Plus rien. Plus de son. Plus de radio. *Plus rien*, te dis-je! La retransmission s'est arrêtée net, sans un mot du commentateur, sans excuse. Un grand trou noir. Le vide. L'air de Mario supprimé, en une seconde. Notre douceur, notre harmonie : saccagées! Le nœud tendre de nos deux mains : coupé, à hauteur du poignet!

Encore ce soir je ne comprends pas. Je continue de ne pas comprendre ce qui s'est passé.

Je te laisse imaginer comment j'ai pu vivre ces instants.

Je crois que j'ai crié : « Ah! Non! »

La rage d'abord. Contre le poste, contre la technique, à tripoter les boutons, pourtant parfaitement bien réglés, à tordre la prise parfaitement enfoncée, puis, les secondes passant – des secondes sacrilèges puisqu'elles emportaient notre bien, notre joyau –, le désespoir. Chacune de ces secondes enlevées à la musique se détachait comme une perle d'un collier qu'une main malveillante aurait jetée par-dessus la rambarde du temps, irrécupérable, perdue pour toujours.

L'angoisse m'a prise entre ses deux mâchoires. Une angoisse gravée aux armes de la solitude. Cette fois j'étais abandonnée.

Seule dans des draps encore tièdes mais jusqu'à quand. Mains, yeux, oreilles posés sur le silence de ces draps bien trop blancs pour ne pas bientôt se glacer d'un silence éternel. Le collier continuait de se vider des perles qui tombaient une à une, silencieusement, dans un gouffre inconnu. Ce gouffre, le destin venait de l'ouvrir entre toi et moi.

Nous étions séparés, mon amour. Détachés de l'écoute commune, détachés du corps commun.

Je t'avais perdu. Tu n'étais plus au dixième gradin du théâtre d'Orange puisque je n'y étais plus moi-même.

Où étais-tu donc, alors? La réponse était dans ce silence grave et qui durait.

Je voyais le fil translucide du collier s'allonger. Il ne restait que quelques perles qui se balançaient au-dessus du vide.

Au désespoir s'est joint l'affolement : et si tu m'avais quittée, simplement? Las de la maladie, las du fauteuil vert, subjugué par toute cette chaleur de corps ensoleillés autour de toi, là-bas, peut-être le Sud avait-il eu définitivement raison du Nord? Peut-être même cédais-tu, désarmé, à la

chute des perles par-dessus la rambarde? Non.
Non.

Sur le collier une seule perle demeurait. J'étais
cette dernière perle. Pâle, si pâle.

De toutes mes forces, je tentais, par la pensée
maintenant, mes sens m'ayant trahie, de rattraper
Mario, afin de te rattraper toi. A lui aussi, Mario,
les forces manquaient. Lui aussi se savait
condamné au-dessus du vide. Mais il ne se pouvait
pas qu'il eût fini de crier lui aussi son regret de la
vie car ni lui ni moi n'en avions vraiment fini avec
elle.

Elle tenait à une perle mais elle tenait encore.

Alors... Il faut que tu me croies. Je n'invente
pas. *Le son est revenu!* Sur les dernières forces de
Mario, les dernières mesures du grand élan
d'amour, d'abandon : « L'ora é fugitiva... E muio
disperato! L'heure s'achève et je meurs désespéré! ». Je ne comprends pas. Je continue de ne
pas comprendre en te l'écrivant.

J'ai donc retrouvé Mario au dernier moment,
quand tout s'effondre, quand les sanglots font
suffoquer. Sa voix, noyée de larmes retenues dans
la gorge comme une meute de chiens qui tirent sur
leur laisse au point de s'étrangler, sa voix a pleuré
l'ultime aveu d'amour : « Non ho amato mai tanto
la vita! Jamais je n'ai tant aimé la vie! ».

J'ai reçu Mario dans mes bras, sa poitrine
secouée de révolte. Je l'ai serré contre moi. Il
tremblait. Je tremblais aussi. Comme nous nous
comprenions! Moi aussi je l'aimais tant, la vie, la
vie d'amour partagé. Moi non plus je ne voulais
pas la quitter!

Toi, tu nous regardais, un tout petit peu à côté, avec ce léger décalage qui sépare les vivants des moins vivants. Tu nous enveloppais de ton regard impuissant.

Le plaid de lainage a glissé de tes épaules sur le gradin de pierre...

Lorsque Tosca est entrée et a relevé le visage en larmes du condamné dans le creux de sa main, c'est ta main que j'ai sentie à nouveau contre mon menton. A nouveau nos sens se sont rejoints. Le berceau de la mélodie a reçu nos deux corps.

Nos doigts se sont réunis mais j'ai perçu quelque chose de dur qui roulait sur ma paume : la perle, la dernière perle du collier s'était détachée. Pâle, si pâle.

Je savais qu'elle tiendrait tant que la résistance de mes doigts le permettrait, en balance au-dessus de la rambarde du temps, mais qu'inéluctablement, elle rejoindrait les autres malgré la pression harmonieuse de tout ton être, sans un bruit.

C'est tout.

Ne sois pas triste. Cet amour-là est beau. Beau comme un opéra...

\*

Au fait, j'ai l'explication pour l'oiseau de notre arbre. Cécile m'a dit qu'il y en avait deux qui partageaient le même nid : un rouge-gorge et un vulgaire moineau. Tu te rends compte! Il paraît que c'est le moineau qui chante...

A l'aube du 15 juillet, deux wagons postaux se sont croisés.

L'un emportait de Paris vers la Provence la lettre d'une femme.

L'autre emportait de la Provence vers Paris la lettre d'un homme.

La seconde ne sera pas lue, pas même décachetée.

Les lettres se sont frôlées, un instant, à contresens, sur deux voies contiguës, en gare de Saint-Pierre-des-Corps, en plein cœur d'un pays, là où le Nord et le Sud ne font qu'un, là où ils n'arrivent pas à se séparer.

# TABLE DES SENS

## DU MÊME AUTEUR

SYSTÈME DE L'AGRESSION, introduction, chronologie et choix de textes philosophiques de Sade, Aubier-Montaigne, 1972.

LE CORPS À CORPS CULINAIRE, Seuil, 1977.

JUSTINE OU LES MALHEURS DE LA VERTU DE D.A.F. DE SADE, présentation, notes et bibliographie, Gallimard, coll. Idées, 1981.

HISTOIRES DE BOUCHES, récits, Mercure de France, 1986, prix Goncourt de la Nouvelle, 1987, Folio, 1988.

*Impression Brodard et Taupin,*
*à La Flèche (Sarthe),*
*le 15 octobre 1990.*
*Dépôt légal : octobre 1990.*
*Numéro d'imprimeur : 1316D-5.*

ISBN 2-07-038296-6 / Imprimé en France.
(Précédemment publié aux
Éditions du Mercure de France
ISBN 2-7152-1590-8).